身代わりの恋が甘すぎて

寂しがりやのペシミストは肉食彼氏に堕とされる

櫻井音衣

ILLUSTRATION
千影透子

CONTENTS

イラスト／千影透子

身代わりの恋が甘すぎて

寂しがりやのペシミストは肉食彼氏に堕とされる

migawari no koi ga amasugite

1　選ばれなかった女と知らされなかった男

二人の幸せを祈る鐘の音が鳴り響く中、ステンドグラス越しに柔らかな陽射しを浴びて、真っ白なウエディングドレスをまとった花嫁は、白いタキシード姿の運命の人と誓いのキスを交わしましたとさ。めでたしめでたし。

……なんて、ありがちなナレーションが聞こえてきそうな、目新しさもなんの変哲もない結婚式。

花嫁は満面の笑みを浮かべながらブーケトスをしようとしている。新郎はそんな花嫁を微笑みながら見つめている。

〝キャッチできたら次の花嫁になれる〟というジンクスを信じて花嫁のブーケに手を伸ばす独身女性たちは、まるで甘い飴玉(あめだま)にでも群がる蟻(あり)のようだ。

さしずめ花嫁は蟻の群れに飴玉を投げ込む人間様ってところか。〝次に幸せになるのはあなたよ〟なんて、勝ち誇った顔で言うわけね。

花嫁の鹿島琴音(かしまことね)は仲の良い同僚で、新郎の廣田夏樹(ひろたなつき)は高校時代の同級生だ。

そして私、福多幸(ふくだみゆき)は今、笑顔の下に複雑な思いを隠し、幸せそうに笑う新郎新婦の二人と、ブーケに群がる独身女性たちを眺めている。

……これのどこが〝めでたし〟だ。


その日の夜、高校時代からの親友の松阪巴と、いつものダイニングバーで会った。巴も夏樹の友人として式に呼ばれていたけれど、祝福する気にはなれず結婚式の招待を断ったそうだ。

「夏樹のやつ、ホントにいい根性してるよね。ついこの間まで散々幸に甘えてたくせに」

「ホントにバカだよねぇ、私。付き合おうとか言われたわけでもないのに、勝手に期待なんかして……」

「三年も通い詰められたら期待して当然だよ！　結婚式の招待状が届いた時はなんの冗談かと思ったわ！」

「その冗談みたいな結婚式を取り仕切ったんだよ、私は」

巴は苦虫を嚙み潰したような顔をしてビールを飲んでいる。私よりも巴の方が頭に来ているみたいだ。


高校二年の時のクラスの同窓会で夏樹と再会したのは、今から三年と数か月前、社会人になって四年目の二十五歳の春。

久しぶりに会った夏樹は大人っぽくなっていて、どことなく色気もあって、昔よりさらにイケメンになっていた。

高校時代、私はひそかに片想いしていた夏樹に気持ちを伝えられないまま卒業した。だからといってその後誰とも付き合わなかったわけではなく、付き合っても私の性格のせいか誰ともあまり長続きはしなかった。

そして社会人になった後は恋愛から遠のいていた。だから余計に、高校時代に叶わなかった夏樹への気持ちが再燃したのかもしれない。

私は、大人の男になった夏樹にまた恋をした。

同窓会でお互いの近況などを報告し合った時、偶然にも私の家が夏樹の職場に近いことが判明した。

〝今度、終電逃したら泊めてくれる？〟と夏樹が言うので、どうせ私のところへなんか来るわけがないと思いつつ、〝いいよ〟と気軽に答えた。

〝俺、男だよ？　ホントにいいの？〟

夏樹の含みを持たせた言葉に淡い期待をしながら同窓会は終わった。

それから二週間ほど経った頃、ひどい雨が降る深夜にやって来た夏樹は、シャワーを終えバスタオルを腰に巻き付けただけの姿で、当たり前のように私の隣に座り、こう言った。

〝一人じゃ寒い。幸、一緒に寝ようよ〟

返事をする間もなく裸の胸に抱き寄せられ、ソファーに押し倒された。

同窓会の日から再燃した恋の熱に浮かされていた私は、なんのためらいもなく夏樹を受け入れた。

その日から夏樹は、夜遅く気まぐれに私の部屋にやって来てはシャワーを浴びて私を抱くようになり、気が付けば私はそれを待つようになっていた。

私は女性として夏樹に求められることが嬉（うれ）しかったし、次第にその頻度が落ちても、少しでも私を必要としてくれるならそれだけでいいと思えるくらい、夏樹のことが好きだった。


そんな関係が三年近くも続いたある夜、最近にしては珍しく夏樹が私の体を求めた。そしてその翌朝、夏樹は〝もうここには来ない〟と言った。

その直後、挙式予約リストの中に夏樹と琴音の名前を見つけた時には、目を疑って思わず何度も見直した。予約受付日は二日前、夏樹がもう来ないと言って部屋を出た日だった。

いろんなことがいっぺんに起こり頭が混乱した状態でも、夏樹と琴音が結婚するきっかけになったと思われる出来事は、わりと容易く思い出せた。

それは夏樹に、〝もうここには来ない〟と言われるより二か月ほど前のこと。その日は琴音が私の部屋に来ていた。

それまでにも琴音は時々私の部屋に遊びに来ていたけれど、深夜に訪れる夏樹とは会ったことがなかった。しかしその日は珍しく仕事が早く終わった夏樹が夕飯を求めてやって来た。

〝夕飯の材料も多めに買ってあるし、一緒に食べよう〟と言ったのは琴音だった。そして〝ついでにもう一人増えてもいい？〟と言って、彼氏らしき男の人を呼んだ。

彼は口数の少ないクールな感じの人で、たいした会話はしなかったけれど、眼鏡のレンズの奥に泣きぼくろがあることと、大手の化粧品メーカーに勤めていると言っていたことだけは覚えている。

その夜、夏樹は私の部屋には泊まらずに帰り、その日を境に私の部屋を訪れることが減って、あまり会わなくなった。

それからまだ間もないのに、私と琴音の勤め先でもある結婚式場で、担当ブライダルプランナーに私を指名して結婚式を挙げるとは。

私を指名したのはもちろん琴音だ。

〝いつか結婚式を挙げる時は幸にお願いしたいとずっと思ってたの。幸に担当してもらうと幸せになれるってジンクスがあるでしょ？〟

こんな時、〝福多　幸〟という自分の名前が恨めしい。

いかにも幸多そうなこの名前は、勝手に一人歩きしているらしい。〝福が多くて幸せ〟なんて、完全に名前負けしているじゃないか。

この恋が終わって私に残されたのは、真面目に頑張ってきた仕事と主任という役職、そして幸せな未来を夢見てコツコツ貯めたお金だけだった。

　結婚式前夜、さすがに私のことが心配だったのか、巴が電話をかけてきて、〝明日の夜飲みに行こう。私がおごるから好きなだけ食って飲め！　無駄な御祝儀を出すよりよっぽどいいわ‼〟と言った。

　そして、巴と向かい合ってジョッキのビールを飲む今に至る。

「終わってみて気付いたけど、なんか虚しい……」

「幸はえらいよ。いくら仕事とはいえ、断っても良かったのに」

「まぁね……。ってか、よく考えたら夏樹は琴音を彼氏から略奪したんだよね。やっぱり女は見た目かぁ。夏樹の隣には地味な私なんかより美人の琴音の方が似合うもんなぁ」

　こんな言い方をしたら、琴音の取り柄が外見だけだと言っているみたいだけど、地味な私よりも美人の琴音の方が夏樹に似合うのは本当のことだ。

「何言ってんの。女は化粧とか服装でいくらでも化けるんだよ。幸だってその気になれば別人みたいに変身できるんだから、夏樹なんかよりもっといい男捕まえな！」

「そんなことしても、化粧落として服脱いだら別人じゃないかってがっかりされるのがオチだよ」

　巴は通勤用の地味なスーツ姿の私を眺めながらタバコに火をつけた。

「けどさ、幸が地味な格好してても夏樹は気にしなかったんでしょ？」

「うん。夏樹も私の前では全然カッコつけなかったし。昔から知ってる分、気心が知れて楽だったのかな」

「居心地良すぎて、男と女っていうより家族みたいな感じになっちゃったのかな」

そう言われてみると思い当たる節はある。最初のうちは恋人っぽいこともしたし、私は夏樹の特別な存在なんじゃないかと勘違いもしたけれど、しばらく経つとだんだんそれらしいことをしなくなった。

私は元々あまり積極的な方ではないし、夏樹の方から求められなければそんな状況にもならないわけで。

一番最後のその前、夏樹としたのはいつだっけ？　……全然思い出せない。思い出せないくらい長い間、私は夏樹に求められなかったということか。

いつの間にか私は、夏樹に女と見なされなくなってたのかもしれない。最後の夜はきっと、三年分のお礼か餞別（せんべつ）か何かのつもりだったんだろう。いろいろと都合がいいから私の部屋に来ていただけなんだと思う。

だからって、美人の琴音に出会った途端に手のひらを返さなくたって。三年間、私には嘘（うそ）でも冗談でも好きだと言ってくれたことはなかったのに、琴音とはあっという間に結婚するんだから、正直かなり傷付いた。

「夏樹は私のこと、便利で都合のいい女くらいにしか思ってなかったんだよ。もしかしたら琴音と知り合う前も、泊めてくれる女なんか私以外にもたくさんいたのかもね。私は食事係ってとこかな」

「えーっ……何それ……」

夏樹は地味で所帯染みた私に恋とか色気は求めていなかったから、あれだけ一緒にいても好きだと言ってもらえなかったんだろう。

「で……幸はこれからどうすんの？」

「どうするも何も……今まで通り。この先一人でも不自由なく生きていけるように、真面目に働いて生活費を稼ぐ」

私が蒸し鶏のサラダを口に運びながら淡々と答えると、巴が大きなため息をついた。

「いやいや……もうちょっと女として頑張ろうよ……。結婚だけがすべてとは言わないけどさ、まだ恋愛をあきらめる歳じゃないじゃん」

女であることをあきらめたつもりはない。だけど、無理してまで誰かに好かれたいとも思わない。

「これぱっかりは私一人が頑張ってもしょうがないから」

「そうだ。いい男、紹介しようか？」

「いい。今はそんな気になれないし、しばらくは無理だと思う」

「まだ夏樹が好き？」

改めて聞かれると、胸の奥がズキンと痛んだ。

ただ一緒にいられるだけで幸せだった。それ以上何も望んだことなどなかったのに、そう思っていたのは私だけだったということだ。

「うーん……そうかも。やっぱりショックだったし、まだ気持ちの整理がついてないみたい。自然と次に進めるようになるの待ってみる」

「私らもう二十九だよ、あっという間に三十だよ？　そんな悠長なこと言ってて大丈夫？」

「私はまだ二十八。焦ってもしょうがないもん。なるようになるでしょう」

「それもそうか。幸の良さをわかってくれる人はちゃんといるよ」

「だといいんだけどね」

なんの努力もしないでそのままの私を愛してもらおうなんて、身の程知らずだったのかもしれない。もしまた心から好きだと思える人に出会えたら、今度はちゃんと好きになってもらえるように、私も努力しようと思う。

いや……待てよ。まずはそんな人と出会う努力から始めなきゃダメなのか？

私の人生、名前通りになるにはずいぶん努力が必要な気がする。まだまだ先は長そうだ。

夏樹と琴音の結婚式から二日後の月曜日、ブライダルサロンの閉館時間の十五分前に、眼鏡を掛けた仕事帰りのサラリーマン風の男性がやって来た。男性が一人でここを訪れるなんて珍しい。彼女も来ることになっているのか、その男性はキョロキョロ辺りを見回している。

もうすぐ閉館時間なんだけど、もしかするとこの時間しか来られないお客様なのかもしれないし、担当者と約束があるのかもしれない。

「いらっしゃいませ」

私が頭を下げて挨拶をすると、その人は指先で眼鏡を軽く押し上げて私のことをじっと見た。

「あの……幸さん……ですよね？」

お客様にいきなり名前で呼ばれることはほとんどない。お客様でなければ誰だろう？

「はい……福多幸は私ですが……」

「富永（とみなが）です。覚えてますか？」

眼鏡の富永さん……？　なんとなく見覚えがあるような気もするけれど、思い出せないって言ったら失礼かしら。

「えーっと……」

「こうしたらわかりますかね」

富永さんは眼鏡を外し、整えられた前髪をくしゃくしゃと崩した。さっきとは雰囲気がずいぶん変わり、少し幼くなったような気がする。眼鏡をしている時には気付かなかったけれど、左目の下に泣きぼくろがある。

『泣きぼくろがある人は泣き虫なんて言うけど、あんなの嘘だよ。恵介（けいすけ）は何しても絶対泣かないもん』

不意に琴音の言葉を思い出した。そうだ、私の部屋で一緒に食事をした時に琴音が呼んだ彼だ。

「あっ、琴音の……！　たしか……恵介さん、でしたっけ？」

「はい、富永恵介です。あの……琴音は……」

富永さんは私が思い出したことにホッとした様子で再び眼鏡を掛けた。

「今週は休暇を取っておりまして……」

琴音は今、一週間の休暇を取って夏樹と新婚旅行に行っている。

なんで今頃、琴音の彼氏だった人が職場を訪ねて来るんだろう？　連絡もなく職場を訪ねて来るくらいだから、よほど大事な急ぎの用があるのかもしれない。

「よろしければ用件をお伺いしておきますが……」

もしかすると別れた後に連絡先のデータを消してしまったから電話もできないのかと思い、お節介を承知でそう言うと、富永さんは腕組みをして少し考えるそぶりを見せた。

「じつは……急に琴音と連絡が取れなくなってしまったんです。琴音から何か聞いてませんか？」

「えぇっ……」

もしかして琴音は富永さんと別れてない⁉

彼氏に黙って他の男と結婚したなんて、普通に考えて、そんなのあり得ないでしょ⁉

きっと夏樹はそれを知らないし、富永さんも琴音が夏樹と結婚したことを知らないんだと思う。

「まさか休暇を取っているとは思わなくて、ここに来れば会えるかと思って来たんですけど……」

あなたの彼女は私の好きだった人と二日前にここで結婚式を挙げて、今はのんきに新婚旅行中ですよ！

……とか、私の口から本当のことを言っていいのかな？

どうしたものかと考えていると、サロンの奥からスタッフの西野（にしの）さんが顔を出した。

「福多主任、そろそろ……あ、失礼しました。お客様ですか？」

「すぐ行きます」

閉館業務の時間になってしまった。

プライベートなことだし、ここであれこれ話し込むわけにはいかない。かといって富永さんをこのまま帰すわけにもいかない。

「すみません、サロンの閉館時間なんです。仕事が終わった後で良ければお話の続きを……」

「わかりました。そこのコンビニで待ってます」

急いで閉館業務を済ませ、コンビニに足を運んだ。私がコンビニに入ると、富永さんはイートインスペースでコーヒーを飲みながら、ぼんやりと窓の外を眺めていた。

なんだか気が重いな。富永さんはきっと、私と夏樹を恋人同士だと思っているはずだ。ことのなりゆきを説明するために、私も自分のことを話すべき？　いや、自分の恥をさらすのはやめておこうか。

小さくため息をつくと、富永さんが私に気付いて軽く頭を下げた。

「あ……幸さん、お疲れのところすみません」

「いえ……」

「お腹空きませんか？　どこかで食事でもしながら話しましょう」

「ええ、そうですね」

たいした面識もない人と二人きりで食事をするのはなんとなく落ち着かないけれど、とりあえずお腹は空いている。

しらふではとても間がもちそうにないから、少しお酒でも飲んだ方が話しやすいんじゃないだろうか。

「そこの居酒屋にでも行きますか？」

富永さんは私の気持ちをなんとなく察してくれたのか、すぐ近くの居酒屋を指差した。

「そうしましょうか」

居酒屋に入ると奥の方のテーブル席へ案内された。とりあえず生ビールと適当な料理を注文すると、すぐに中ジョッキに並々と注がれた生ビールが運ばれて来る。

なんの乾杯なんだかよくわからないけれど、私たちはそうするのが当たり前のように
ジョッキを軽く合わせた。この辺がすっかり社会人ってことかな。

「改めまして、富永恵介です。よろしく」

「どうも……福多幸です」

自己紹介からって……。まるでお見合いみたいだ。一度会ったことがあるとはいえ、あの時はほとんど話さなかったから？

かなり真面目で几帳面な人なのかもしれない。

「堅苦しいのも疲れるし、敬語やめていい？」

「そうしますか？」

富永さんはまた少しビールを飲んで、ここ最近の出来事を順を追って話し始めた。

琴音は極度の寂しがり屋で、一人暮らしをしてはいたけれど、実際はかなりの度合いで富永さんの部屋に入り浸っていたらしい。

まるで半同棲だ。なんとなく夏樹に似ている。

「三か月くらい前からかな。以前に比べると琴音があまりうちに来なくなって。俺も仕事で忙しかったから、かまってやる暇もなかったし、そこはあまり気にしてなかったんだけど……」

三か月前といえば……夏樹がもう私の部屋には来ないと言って、挙式予約をした頃だ。

「長期出張で一か月ほど留守にしてて、先週末に帰ってきたんだけどね。その間一度も連

絡なかったから気になって電話したら繋がらなくて。家に行っても引っ越した後だし、引っ越すなんて聞いてなかったからおかしいなぁと……」

　やっぱりこの人、琴音が夏樹に乗り換えたことも結婚したことも、何も知らないんだ。本当のことを言ったら、やっぱりショックを受けるだろうな。

「仕事には来てるんだよね？」

「まぁ……今週は旅行で休みなんですけどね……」

　新婚旅行とはさすがに言いづらい。

　そう思っていると、富永さんは顎に手を当てて考えるそぶりを見せた。

「琴音が旅行？　……ってことは男と行ってるんだ」

「えぇっ!?」

　旅行って言っただけなのに、なんで男の人と一緒だってわかるの？　私はそんなこと一言も言ってないはずなのに……。

「あの……なんで男の人と一緒だって思うの？」

「琴音はズボラでわがままなんだ。うちに入り浸ってた理由もそこにあるんだけど、旅行に行きたいとは言っても自分で計画立てたりはしないし。おまけに浪費家だから旅行に行く金なんか持ってない」

「そうなの……？」

「付き合ってなくても海外旅行に連れて行ってくれる男とか、ブランド物を貢いでくれる男とか、いっぱいいたしな」

知らなかった……。他人には見せないようなことまで知っているということは、かなり付き合いが長いのかも。

「引っ越したってことはその男のところに行ったのかな」

うわぁ……何もかもお見通しだ。黙ってたってバレるのは時間の問題って気がする。

それにしても……彼女が他の男のところに行ったと気付いたのに、こんなあっさりした反応はおかしくない？　彼氏である自分に黙って他の男に乗り換えたともなれば、普通はめちゃくちゃ怒るんじゃ……。

「あの……怒らないの？」

「なんで？」

富永さんはキョトンとした顔で首をかしげた。

あれ？　なんかまったく気にしてない感じ？

「琴音が富永さんに黙って他の男の人と……って、普通は怒るところでしょ？」

私が尋ねると、富永さんは納得したようにうなずいてビールを一口飲んだ。

「ああ……普通ならめちゃくちゃ怒るだろうけどね。むしろ俺はホッとしたけど、相手の男が気の毒かな」

「えっ⁉」

「何かと頼ってくるから仕方なく面倒見てたけど、俺に頼りたい時以外は、琴音が他の男と好き勝手やってたの知ってるし」

「何それ……？」

そういえば琴音の口からは、富永さんのことを彼氏だとは紹介されなかった気がする。もしかして夏樹の前だったから？

琴音も夏樹に負けず劣らず、図太い神経の持ち主のようだ。

彼女が浮気しているのを知っていても、それに付き合ってあげていた富永さんって、相当のお人好しか世話焼きかのどちらかだと思う。

「で、幸さんはその相手知ってるの？」

「……ええ……まぁ……」

前に一緒に食事をした、私の部屋を定宿にしていたセフレもどきの男です！　……なんてことは、できれば言いたくないんだけど。

「そういえば……夏樹くんは元気？」

富永さんの口から突然夏樹の名前が出てきたことに驚き、心臓が自分でもビックリするくらい大きな音をたてた。

「……元気ですよ、すごく」

一昨日の結婚式で、それはそれは幸せそうに笑ってましたからね。私と一緒にいた時は、あんな風に甘い顔をしたことなんかなかったのに。

今頃になってまた湧き上がる虚しさを飲み込むように、ジョッキのビールを勢い良く煽(あお)った。富永さんはビールを飲みながら私の様子を窺(うかが)っている。

ビールを一気に飲み干してジョッキを空けると、富永さんが近くにいた店員を呼び止めておかわりを注文してくれた。

「もしかして……彼と別れたの？」

「別れるも何も……夏樹は……彼氏なんかじゃない……」

「そうなんだ。あの部屋にずいぶん馴染(なじ)んでたから、てっきり付き合ってるんだと思ってた」

馴染んでいたのは、それだけ夏樹が私の部屋で長い時間を過ごしていたからだ。

どんなに好きでも、何度体を重ねても、どれだけ長い時間を一緒に過ごしても、私は夏樹の彼女にはなれなかった。それなのに琴音は、出会って間もないうちに夏樹の妻になった。人を好きになるのは自由だけど、同じ人を好きになった私と琴音では雲泥の差だ。

なんかもう、隠しておくのもめんどくさくなってきた。この際だから琴音が結婚したのがどんな男なのか、洗いざらいしゃべってやろう。

「夏樹にとって私は、寝る場所と食事と体をいつでも提供してくれる都合のいい女だったみたい。……っていっても体はいまいちだったみたいで、そのうちあんまりしなくなったけどね。おそらく他にもそういう女がいたんだと思う。それでも三年も通い詰められたら、勘違いもするって……」

その言葉に富永さんは怪訝(けげん)な顔をした。

「えっ、そんないい加減な状態で三年も？」

ほら、やっぱりこれが普通の反応だよね。

「私を好きでもないくせに、惚れた弱みにつけこんで三年だよ。それなのに、琴音とは知り合って何か月も経たないうちに……」

「琴音とは、って……もしかして……」

驚いた富永さんの顔がなんだかおかしくて、思わず笑ってしまう。

「そう。結婚したの。一昨日、うちの式場で結婚式挙げて……昨日から新婚旅行に行ってる。式も披露宴も新婚旅行も、私が全部取り仕切ったの」

「なんでまた……」

「私が担当すると幸せになれるってジンクスがあるからお願いねって、琴音に頼み込まれて仕方なく引き受けたけど、夏樹は琴音とのこと全部私に隠して、挙式の予約する前日の夜に私を抱いたよ。こんな私に担当されて幸せになれるなんて、笑えるよね」

改めて言葉に出してみると惨めさ倍増だ。情けなくて思わず笑いが漏れた。

夏樹との間にあったことを琴音に話すこともせず、夏樹に文句の一言も言わずに、二人の結婚式の世話をした。仕事だからと割り切ったふりをして、嫉妬に狂いそうな醜い気持ちを隠すために、必死で作り笑いを浮かべた。

終わってみて虚しさに気付くなんて、私は本物のバカなのかもしれない。

「あいつのやりそうなことだ……」

富永さんは心底呆れた様子でそう呟いて、気の毒そうに私を見た。

琴音は私が夏樹を好きだとわかっていて、わざとそんな役目を私に背負わせたって言いたいのかな？　それとも、バカな上に哀れな女だとか、こんな地味な女じゃしょうがないとか思われてるのかも。

「それで……君は彼に、文句のひとつでも言ってやったの？」

「そんなの……言ったってしょうがないでしょう？　私は夏樹の彼女じゃないし、言ってもどうにもならないんだから」

「ふざけんな！　って、横っつらひっぱたいてやれば良かったのに」

「そんなことしても、余計に惨めになるだけだよ」

「ふーん……」

何か言いたげな顔をして、富永さんは胸ポケットからタバコを取り出した。

「吸っていい？」

「どうぞ」

富永さんがタバコに火をつけて静かに煙を吐き出した。流れていくタバコの煙を眺めながら、私はまたビールを煽る。

「君は彼がすごく好きだったから、三年もその中途半端でいい加減な関係に甘んじてたんだよね？　もっと怒っていいと思うよ」

「そうだけど……私も一度も夏樹に好きだとか言わなかったし……。でもそれをいうなら、富永さんだって私と同じでしょ？　なんで平気な顔していられるの？」

　富永さんは少し驚いた顔をしてから、おかしそうに笑った。

「たしかに。あいつ、散々面倒見てやったのに、礼の一言もなく俺の知らないうちに結婚するんだもんな」

「なんで笑ってんの……。なんかバカにされてるみたいでムカつく……」

　無性に腹が立って、ジョッキのビールを一気に飲み干した。いつもより早いペースで飲んでいるせいか、お酒が回るのが早く感じる。顔が熱くなって、なんとなく体がフワフワしているような気がした。

　富永さんは声をあげて笑っている。

「ごめんごめん。バカにしたつもりはないんだけど……なんか幸さんって、可愛い人だなぁと思って」

「はぁ？　頭おかしいんじゃないの？」

　なんだ、この男？　バカにしてるのか？　っていうか、むしろバカじゃないの⁉　琴音みたいな美人と付き合ってたくせに、私みたいな地味女のどこが可愛いっていうんだ！

「すみませーん‼」

　思いきり右手を挙げて、大声で店員を呼び止めた。店員が驚いて振り返る。

「生中おかわり‼」

「あ、ふたつね」

　ダメージを受けているのは私だけ。

　親友の巴にだって酔って絡んだりはしなかったのに、同じ立場のはずのこの人が余裕の態度を崩さないことに、無性に腹が立った。

「涼しい顔してムカつく……。こうなったら思いっきり飲んでやる……」

「幸さん、明日仕事は？」

「休みだし、二日酔いでもどうせ一人だし！　誰にも文句言われないし！」

「そっかそっか。じゃあ今日は俺がおごるから、とことん飲もう」

　富永さんは運ばれてきたビールを受け取ると、ひとつを私に差し出した。

「思いっきり飲むんだろ？　付き合うよ」

「言ったな？　最後まで責任持ってよ！」

「もちろんそのつもり」

　私たちはジョッキを掲げ乾杯して、グイグイビールを煽った。

　少しでも憂さ晴らしできるなら、もうなんでもいいや。ずっと抑えてきたけれど、我慢ももう限界だ。私にだって飲まなきゃやってられない時もある！

　もうどうにでもなれ!!

それからどれくらいの時間が経ったのか。

たいして強くもないのに、私はやけになって浴びるようにビールを飲んだ。その結果、当然のごとく完全に酔いが回って、さっきから自分の言っていることが支離滅裂だったり、気が付くと同じことを何度も繰り返し話しているという自覚はある。これは完全なるたちの悪い絡み上戸の酔っぱらいだ。

それなのに富永さんは、顔色ひとつ変えず、イヤな顔もせずに、笑って私のやけ酒に付き合ってくれた。相当の酒豪なんだな。

余裕の表情を見ていると、やっぱりダメージを受けてジタバタしてるのは私だけなんだと、余計にムカついた。

富永さんは、化粧室に行こうとしても一人で歩くこともままならなくなってしまった私に肩を貸しながら、チラリと腕時計を見た。

「さすがに限界かな？　閉店時間も近いみたいだし、そろそろ出ようか。送ってくよ」

「なんだとー、コラァ……。こんなもんじゃまだまだ飲み足りんぞー……」

本当はもうこれ以上飲めないのに、私はもう一軒行こうと富永さんに散々絡んだ。

「まだ飲み足りない？」

「全然足りない！　三年だよ、三年！　二十代後半の女の三年が、どんなに貴重かわかる？　それをあんなにあっさり……」

「落ち着きなって」

「どうせ私は地味で色気もないよ！　夏樹にとってはせいぜいオカンってとこでしょ！」

あー……私、ホントは相当参ってたんだな……。自分の言動をセーブできないほど酔っているのに、頭の中はやけに冷静だ。

富永さんは少し苦笑いを浮かべて、酔ってくだをまく私の頭を優しく撫でた。

「わかった。でもとりあえず、いつぶっ倒れてもいいように送ってくから、続きは幸さんの家で飲もう」

私の家で？　まさか酔った私をどうにかしようなんて……。

いや、そんなことあるはずないか。富永さんにとって今の私は、せいぜいたちの悪い酔っぱらいってとこだ。

琴音みたいな美人を逃しても余裕なこの人が、女の人に不自由しているとは到底思えないもんね。もし私が目の前で裸で寝ていたとしても、目もくれずまたいで通り過ぎるだろう。

それからタクシーに乗って私の家へ向かった。

富永さんは途中のコンビニでタクシーを待たせて、ビールやおつまみ、ミネラルウォーターなどを買ってきた。どうやら本気で私のやけ酒に最後まで付き合ってくれるつもりでいるらしい。

タクシーに戻ってくると、富永さんは私にミネラルウォーターを差し出した。

「とりあえず、酔い醒ましにこれ飲んで」

「ありがとう……」

ホント、面倒見がいいんだな。こんな酔っ払いの、しかも自分の彼女が結婚した男の元セフレもどきの女なんて、普通ならほうっておいてもいいはずなのに。根っからのお人好しか世話焼きなのか、もしかしたら誰にでも優しい人なのかも。

家が近付いて来ると、少しずつ酔いが醒めてきた。

なんだかおかしな状況だ。

それでも付き合ってくれるつもりらしいから、今日だけはお酒のせいにして甘えておこう。どうせ、もう二度と会うこともない人なんだから。


私の家に着くと、ローテーブルの上におつまみを広げ、また二人でビールを飲み始めた。居酒屋で散々飲んだ後だから、あまり飲む気にもなれず、ゆっくりと缶ビールを飲む。

なんで私は、彼氏でも友達でもない男の人を家に上げて、一緒にお酒を飲んでるんだろう？　よく考えたらこんなの普通じゃない。それでも最後まで責任持って付き合えと言ったのは私だ。やっぱり帰ってとは言いづらいから、もう少し飲んだらお引き取り願おう。

富永さんは飲み掛けの缶ビールをテーブルの上に置き、ネクタイを緩めながら部屋をぐるっと見回した。

「幸さんは家事得意な方?」

「得意でもないけど……普通」

「普通でこんな感じかぁ。彼は家事ができる人?」

なんでそんなこと聞くんだろう?

「一人暮らしって言ってたけど、家事が面倒だから私の部屋に入り浸ってたんじゃないかな……」

「そうか、そりゃ大変だ。彼はどれくらい耐えられるだろうなぁ」

富永さんはおかしそうに笑ってビールを飲んでいる。

共働きだから家事はある程度分担するとしても、夏樹が家事があまり得意じゃないことがそんなに大変なことかな?

「夏樹は琴音と結婚したんだよ? 夏樹が一人で家事するわけじゃないでしょ。富永さんがなんでそう思うのかがわからないんだけど」

「琴音はズボラでわがままで浪費家だって、さっきも言ったよね?」

「ああ……うん、言ってたね」

わがままはなんとなくわかる気がするけど、ズボラってどれくらいのレベルなんだろう?

「琴音は見てくれだけはいいけど、料理も掃除も洗濯もなんにもできないし、しようともしないんだ」

「えっ？」

　琴音は結婚するまで一人暮らしだったはずだし、富永さんもそう言っていた。だけど琴音自身がやらなきゃ、一体誰が家事をしていたの？

「食事はいつも外食か出来合いのもので済ませてたな。片付けられないから部屋はグチャグチャだし、洗濯物はいつも山積みで、着替えが足りなくなると新しいのを買ってくる。時々母親が来て片付けてたけど、母親が来られない時は、俺もしょっちゅう片付けてやってたよ」

「そんな風には見えなかったけど……」

　いつも身なりには人一倍気を使って小綺麗（こぎれい）な格好をしているのに意外だな。だから琴音も夏樹と同じように富永さんの部屋に入り浸っていたのかも。

「仕方ないいんじゃない？　人間、誰にだって得手不得手があるでしょう。やらなきゃいけない状況になればやると思うけど」

「普通はそうなんだけど、琴音はどうにかしなきゃとは思わないいんだ。だから人に頼りっきりになってる。あまりのひどさに、見かねて一緒に暮らしたこともあるけど、俺が耐えられなくなって半年もしないうちに追い出した」

「なるほど……。それで一人暮らしに戻ったと……」

　それでも結局は可愛い琴音をほうっておけなくて、母親と富永さんが世話を焼いていたってわけね。

「俺は琴音の〝誰かがなんとかしてくれる〟って思ってるところが好きになれなかったし、一緒に生活するのは無理だと思った。一生面倒みるつもりないし」

家事が面倒だから一生面倒みてくれって、琴音に言われたのかな？

富永さんも見た目は男前だし、面食いの琴音の好みのタイプなんだろう。おまけに世話焼きなところが琴音の求める結婚相手の条件には合っていたから、富永さんに一生面倒みてもらって、他の男の人と好き放題遊ぶつもりだったのかも？

「ふーん……生活の面倒みてもらって、他の男の人と遊ぶなんて勝手だよね」

「俺は琴音のそういうところも受け入れてくれる男がいたら、それでいいと思ってたんだけど……」

なるほど。ほうってはおけないけど、早く手放したかったから泳がせていたと……そういうことか。

「夏樹は琴音のそういうところもわかった上で結婚したのかな？」

「どうかな。琴音はとにかく早く結婚したかったみたいだし、バレないうちに急いで結婚したのかもね」

琴音にそんな強い結婚願望があったとは。美人だからモテるけれど、結婚には向いてないという理由で男の人が離れていって、なかなか結婚はできなかったのかも。

一度も口に出したことはなかったけれど、私にもいずれ夏樹と一緒になれたらと思っていた頃があった。夏樹もそう思ってくれているのかもと思ったから、焦って台無しにしたくなくて、私との関係をどうしたいのか、あえてハッキリとは聞かなかった。

　結局それは単なる私の自惚れだったんだけど。

「夏樹……私には好きだとか付き合おうとか一度も言ってくれなかったのに、琴音とはあっという間に結婚するんだもん。それだけ琴音が好きってことだよね」

「勢いだけって可能性もあるけどね」

「勢いもあったかもしれないけど……それでも夏樹はずっと世話焼いてた地味な私より、美人の琴音を選んだんだよ。ここ何年かは私なんか女とも思われてなかったんだと思う。もしかしたら、私以外にも都合のいい女がいたのかもね」

　また込み上げてくる虚しさをかき消してしまおうと、缶に残っていたビールを一気に飲み干した。ビールは苦いばかりでちっともおいしくない。それなのに酔いばかりが回って、また私の思考回路を狂わせる。

「おかげで気付いたわ。私みたいな地味な女は、人より努力しないと誰にも愛してもらえないって。愛されるどころか女でもない」

　出てくるのは卑屈な言葉ばかりだ。言葉にしてみるとまた自分が惨めに思えて、唇から自嘲気味な渇いた笑いがもれた。私は今、きっと世界一情けない顔をしているんだろう。

　富永さんは小さく息をついて、優しい笑みを浮かべた。

「あのさ。君、彼が来なくなってから一度も泣いてないでしょ」

「そもそも付き合ってたわけでもないし……そんなことでいちいち泣かないよ……。いい歳した大人だからね」

うつむいて呟くと、テーブルの向こうから大きな手が伸びてきて、私の頭を優しく撫でた。

「大人だって悲しい時は思いきり泣いていいんだよ。そういう気持ち吐き出さずに溜め込んでたら、しんどいだろう？」

絶対に泣かないと思っていたのに、うつむいた私の視界は次第にぼやけて、気が付くとテーブルの上にポトリポトリと涙が落ちていた。

人前で泣くなんて恥ずかしい。

慌てて手の甲で涙を拭った。それなのに涙はとどまるところを知らず、次から次へと溢れ出す。

「なんだ……ちゃんと泣けるんじゃん」

「泣いてなんか……」

みっともない泣き顔を見られたくなくて、顔を上げることもできない。うつむいて涙を拭っていると、富永さんは私のすぐそばに座って頭を撫でてくれた。

「頑張りすぎ。今だけ自分を解放してやりなよ。そうすればきっと少しはラクになれるから」

「うっ……」

嗚咽が堪えきれなくなって小さな声をあげると、富永さんは私の肩を抱き寄せた。

「遠慮しないで思いっきり泣きな。俺が最後まで責任持ってやるって言っただろ?」

堰を切ったように涙が溢れた。

それからしばらくの間、私は富永さんの肩に寄りかかって、声をあげて泣いた。富永さんはただ黙ったまま私を抱き寄せて、頭を撫でてくれた。

悲しいとか悔しいとかを通り越して涙も出ないなんて思っていたけれど、本当は、こんな風に声をあげて誰かの胸で泣きたかったのかもしれない。


私の涙も落ち着いてきた頃、富永さんはポケットから取り出したハンカチで優しく涙を拭いてくれた。

「少しは落ち着いた?」

「うん……。つまらないことに付き合わせてごめんね」

「謝らなくていい。君はそれだけ真剣に彼が好きだったんだろ」

琴音が富永さんに頼りたかった気持ちが、少しだけわかるような気がする。たしかにこの人に甘やかされるのは心地がいい。

「どんなに好きでも、もう私のところへは来ないけどね。私がもっと素直で可愛いげのある女なら、夏樹も少しは私を好きになってくれたのかもしれないけど……」

今更言っても仕方のないことばかりが、勝手に口からこぼれ落ちる。

自分の気持ちを一度も伝えなかった私には、夏樹を責める資格なんかない。我ながら女々しくて鬱陶しい女だ。こんなことを聞かされて、富永さんもきっと困っているだろう。

「俺さっきから、幸さんが言ったことがずっと気になってるんだけど……」

「……何？」

「彼にとっては女じゃなかった、って……」

酔っ払いのどうでもいい戯言をよく覚えてるな。

これだけみっともないところをさらしてしまったんだ。今更気取って取り繕っても仕方ないか。

「最初のうちは女だったから、したんだと思う。だから勘違いしたんだけどね。でもだんだんそういうこともしなくなって……家族みたいな感じになってたのかな」

「なんとなくわかる気はするけど」

「富永さんもそう思うんだ。地味で可愛いげのない私には、女としての価値もないって」

夏樹だけでなく、富永さんもそう思っているということは、誰の目から見ても私には女としての魅力はないっていうことか。

「幸さんのことじゃなくて。俺も琴音のことは、女とは思えないから」

「あんなに美人なのに？」

美人は三日で飽きるとかいうけれど、どんなに美人でも、見慣れてくるとなんとも思わなくなるのかな？

「俺は依存心の強い女は好きじゃない。頼って当然って顔して甘えられても、可愛くもなんともないよ」

「ふーん……。富永さんってちょっと変わってるね」

「そうかな？　俺はむしろ、自分でなんとかしなきゃって頑張ってる女の姿見るとグッと来るよ。俺が支えてやらなきゃって、思いっきり甘やかしてやりたくなる」

男の人もいろいろなんだな。

私は夏樹に頼られても甘えられてもイヤじゃなかったけれど……夏樹が私を甘やかしたことなんてなかった。夏樹が私をどう思っていたのかなんて、今となっては確かめようもないんだけど。

「そんなわけで、俺は幸さんに、彼が求めなかったものを求めたいと思うんだけど、どう？」

……は？　夏樹が私には求めなかったものを求めたいって……何？

思わず首をかしげた。

「あの……意味がわからないんだけど……」

「そのまんまの意味だよ」

缶ビールを飲みながら富永さんの言葉の意味を考える。

仕方なく琴音の世話を焼いていたけど、ホントは世話を焼くより焼いて欲しかったとか？　三年も夏樹の世話を焼いていた私になら、遠慮なく甘えられるって？

〝そのまんまの意味〟をそんな風に解釈すると、富永さんがやたらと親身になってくれることになんとなく納得した。

「富永さんも夏樹と同じで、ホントは甘えたい人なの？」

私が尋ねると、富永さんは私の手から缶ビールをヒョイと取り上げてテーブルの上に置いた。

「そういう意味じゃなくて。彼に求められなくてずっとしてなかったってことは、君自身も彼を求めなかったからだよね」

えっ、そういう意味⁉

「つまり君自身も、彼を男とは思ってなかったんじゃない？」

「私も……？」

そんな風に考えたことはなかったけれど、たしかに私は恥ずかしさもあって、自ら夏樹を求めたりはしなかった。それどころか、なければないで良しとしていたような気もする。

「彼に触れて欲しいとか、抱かれたいとか、どうしようもないくらい彼を欲しがったことはある？」

「ない……けど……」

「俺はさっきから幸さんが欲しいの我慢してて、もう限界っぽい」

「えっ⁉」

「言葉だけじゃ理解できない？」

突然、強い力で体を引き寄せられた。首筋に押し当てられた唇の柔らかい感触で、背筋にゾクリと痺(しび)れるような感覚が走る。

頭を引き寄せられ、唇を塞がれた。富永さんの形の良い唇が私の唇をついばんで、熱い舌先で私の舌を絡め取る。久しぶりのキスは、夏樹とは違うタバコとビールの味がした。

最後の時、夏樹は私にキスはしなかった。今更だけど、それは夏樹が私を好きじゃないと拒絶していたようにも思える。

こんなキスをしたのはいつ以来だろう？

なんか気持ちいい……。ダメだ……頭がボーッとする……。

「俺は幸さんとこういうことしたいって思ってんの。わかる？」

「……ダメだよ……」

「なんで？　彼じゃないから？　今でもまだ彼が好き？」

私がうなずくと、富永さんはネクタイを外した。

「だったら俺を彼だと思えばいいよ。身代わりくらい、いくらでもしてやる」

そう言って富永さんは、外したネクタイで私の目元を覆った。目隠しをされて視界を遮られると、不安で胸が押し潰されそうになる。

「ちょっと待って……身代わりって……」

「彼を思い浮かべながら全身で思いっきり感じて。彼にして欲しかったこと全部、俺が代わりにしてあげる」

耳元や首筋にも何度もキスをされ、服の上から体のラインをなぞられると、肩が小刻み

に震えた。

何これ……？　お酒の勢いとかその場の雰囲気だけで、彼氏でもない人と、なんでこんなことになるわけ？

私としたいって……なんで？

酔った頭では理解できないこの状況で、私は富永さんにされるがままになっている。こんなのおかしいと思うのに、その手で触れられたところが熱くなって、体の奥が疼いた。

「幸……可愛いよ」

忘れかけていた甘い疼きに無意識に声が漏れそうになり、恥ずかしくて慌てて口元を押さえた。

「声、我慢しないで。もっと聞かせて」

彼はその手を取って口づける。焦らすばかりで素肌には触れない。じれったくてもどかしくて、堪えきれず彼の首の後ろに腕を回した。

「幸はどうしたい？」

どうしたいのかと聞かれても、恥ずかしくて言葉が出てこない。

「どうしてもイヤならやめるけど」

「イヤ……じゃない……」

頭で考えるより早く、私は無意識にそう答えていた。

「だったらどうして欲しいのか、ちゃんと素直に言ってごらん。幸の言う通りにしてあげる」

ちゃんと素直に言って……って……。恥ずかしい……。

さっきまで優しかったのに、なんで急にこんなに意地悪なんだろう？

「言わないならやめるよ？」

耳元で囁かれて、私の奥でずっと眠っていた女の部分が目を覚ました。

「やだ……やめないで……」

恥ずかしさを堪えて小さな声で呟くと、彼は私の口元に耳を近付けた。

「ん……？　どうして欲しいの？」

「いっぱい……キス……して、欲しい……」

唇に重ねられた柔らかい感触。優しく撫でるように絡ませた舌。何度も何度も繰り返される甘いキス。

私の髪を撫でる手付きは優しくて、触れ合う肌の温もりや唇の柔らかさが心地いい。まるで本当に愛されているみたいだ。

視界が遮られている分だけ感覚が研ぎ澄まされ、触れられた部分から熱を帯びて、その先の期待に全身が震えた。

今だけ、幻でもいいから、夏樹に愛されたい。名前を呼んで強く抱きしめて、心から私を求めて欲しい。

「お願い……もっと……ちゃんと触って……」

「いいよ。こんな風に?」

スカートの中に滑り込んだ大きな手が太ももから少しずつ這(は)い上がり、うっすらと湿り気を帯び始めた秘部を薄い布越しに指先でそっとなぞられると、身体中に痺れるような衝撃が走り、自分でも驚くくらいの甘い声が漏れた。

「どこが女じゃないんだよ、めっちゃ可愛いじゃん。もう抑えんの無理だわ」

彼は私を抱き上げてベッドへ運ぶと、もどかしそうに押し倒して、噛みつくような激しいキスをした。

「焦らした分、めちゃくちゃ気持ち良くしてあげる。思いっきり乱れていいよ」

熱い舌で歯列をなぞり、口の中を隅々まで味わうように撫で回しながら、ブラウスのボタンを外す。重なった唇の隙間からは二人の唾液が混ざり合う音が漏れ聞こえた。

これまでに経験したことのない濃厚で淫猥(いんわい)なキスに溺れそうになっているうちに、身に着けていたものをすべて取り払われ、私は一糸まとわぬ姿を彼の前にさらしていた。

彼は柔らかい唇で私の胸の膨らみをたどり、その先端を湿った舌で弄ぶ。

飴玉のようにゆっくりと舌先で転がしたり、唇で優しくついばんだり、緩やかで心地よい刺激にうっとりしていると、彼は私の胸から唇を離し、指先で軽く弾いた。

「エロい体だね、もうこんなに硬くなってる。こうされるのが好き?」

「や……ちが……」

自分の体だとは思えないほどに感じている自覚はある。だけどそれをついさっき知り合ったばかりの彼に気付かれてしまった上に、はっきりと言葉にされたことがあまりにも恥ずかしくて否定しようとした。

するとと彼は再び唇で私の唇を塞いで言葉を遮り、彼の唾液で濡れてすっかり硬くなったそれを摘まんで指の腹で捏ね上げる。

少し強めの愛撫で、先ほど舌で与えられた快感とはまた違う、痺れるような感覚が全身に走った。

「ふーん、違うんだ。じゃあ……こっちかな？」

彼は吐息交じりの少し掠れた低い声でそう呟くと、私の太ももの間に指先を滑り込ませた。あわてて膝に力を入れて拒もうとしたけれど、彼の指は潤いきったひだをやすやすとかき分け、私の中に忍び込む。

「待っ……あぁっ……」

「待つわけないでしょ？　さっきも言ったじゃん、俺は幸が欲しくてたまらないって。あんまり可愛いから、ちょっと激しくしちゃうかも」

奥の方を長い指でかき回され、柔らかく膨らんだ突起を舌で転がされて、溢れた蜜が滴り落ちる。彼はそれを舌先で掬うように丁寧に舐め取りながら、私の中をさぐる指の動きをさらに速めた。

言い様のない感覚が激しい波のように押し寄せ、自分でも信じられないほどの嬌声をあげて彼の背中にしがみつく。

意識がどこかへ飛んで行ってしまいそうな不安と、このままどうなってもいいとさえ思うような無防備な本能が頭の中と体の奥で交錯している。

「幸、気持ちいい？」

そんなことをいちいち聞かなくても見ればわかるはずなのに、彼ははっきりと聞こえるほど卑猥な音を立てて指を動かしながら、私の耳元に唇を寄せて少し掠れた艶めかしい声で尋ねる。こんなにいやらしい音をさせているのだから、彼の愛撫で私の中がぐちゃぐちゃにとろけきっていることはごまかしようがない。

恥ずかしさを堪えて小さくうなずくと、彼は身悶えする私を逃がさないとでも言わんばかりに強く抱き寄せ、舌を絡めたキスをしながら私の中をかき回す指をもう一本増やし、さらに激しく動かした。

「ん……ふ……う、んんっ……！」

唇を塞がれたまま激しく喘ぐ声が自分の頭と耳に響いた。その声は普段話している時より高くて鼻にかかっている。

快感の波に抗えず身をよじって昇り詰めると、彼は唇をついばむようなキスをしながら、優しい手付きで私の肌を撫でる。

「幸、可愛い。もっと見たい」

「えっ……？　もっと……って……」

息を上げながら尋ねたけれど返事はなく、彼は枕元をごそごそと探る。目隠しをされた私にはその音が聞こえるだけで、彼が何をしているのかも、どんな表情をしているのかさえもわからない。

少しばかり不安になってきて、緩みかけた目隠しを取ってしまおうかと思った時、グイっと腰を引き寄せられて膝を割られた。

なんの前触れもなくそうされたことに驚き「あぁっ！」と声をあげるものの、抵抗する間もなく、濡れそぼった秘部に硬く張り詰めた熱いものを押し付けられる。

「挿れるよ。幸が感じて乱れまくってる姿、もっと見せて」

その声を聞いた途端にお腹の奥がどうしようもなく疼いて、蜜が溢れ出してくるのがわかった。

彼は蜜にまみれた秘部に自身の先端を擦り付けてたっぷりと潤わせ、じわじわ押し広げるようにして私の中に入り込み、ゆっくりと腰を動かして少しずつ奥の方へと進む。

「幸、大丈夫？　痛くない？」

行為の最中にこんな風に優しく気遣ってもらったのは初めてだ。ついさっきまでの少し意地悪な口調や声とは違う、私を気遣う優しい声に胸が熱くなるのを感じた。

ただそれだけで私の心と体は、その先にあるものを期待して、待ちきれなくなりそうなほど疼いている。ゆっくりとした動きで緩やかに与えられる刺激がもどかしい。

もっとして。

わけがわからなくなるくらい、思いっきり感じさせて。

そう思っても、声に出して言うのは恥ずかしい。

「うん……大丈夫……。大丈夫だから……」

「ん……？　大丈夫だから……何？」

彼はまた少し意地悪な声で尋ねる。私が恥ずかしがるのをわかっていて、わざと気付かないふりをしているんだろう。

「お願い……。意地悪しないで……」

「じゃあ、どうして欲しいか言って。幸がして欲しいこと、全部俺がしてあげるから」

「…………もっと……して……」

消え入りそうな声で呟いた唇に彼の柔らかい唇が重なり、切なく疼いていた体の奥がさらに硬くなった熱いもので突き上げられる。

「いいよ。めちゃくちゃ気持ちよくなろうな」

彼は私の腰を大きな手でしっかりと捕まえ、自身の昂（たかぶ）りを何度も何度も激しく打ち付けた。

ベッドの軋（きし）む音と、繋がった部分から発せられる湿った音、彼が腰を打ち付けるたびに互いの肌がぶつかり合う音。そして彼の少し荒い息遣いと、恍惚（こうこつ）に喘ぐ私の声が入り混じって耳に流れ込む。

激しく揺さぶられているうちに目元を覆っていた圧迫感がなくなったことに気付き、閉じていたまぶたをそっと開いてみると、さっきまで余裕たっぷりだった彼がその表情を崩

して余裕なさげに私を求める姿が見えた。

彼は私に見られていることには気付かず、切なそうに目を細めながら、私の頬や唇に優しいキスを落とした。

「幸……気持ちいい……？」

「うん……気持ちいい……」

「もっと？」

「……もっと……」

素直にそう答えると、彼は口元に笑みを浮かべ、私の頭を撫でながらもう一度唇にキスをした。どちらからともなく舌を絡め、混ざり合った唾液が唇の端から溢れて頬を伝う。

貪るようなキスをしながら強くえぐるように突き上げられ、お互いの境目がわからなくなるほどぐちゃぐちゃに絡み合い、声にならない声をあげて昇り詰めた。

二人してほぼ同時に果てた後、今度は後ろから抱きしめられた。そして耳元や首筋に唇と舌を這わせながら指で胸の先端と下腹部を弄られると、果てたばかりの体は彼の愛撫に過敏に反応して、胸の頂は小さな赤い果実のように硬く尖(とが)り、下腹部はヒクヒクと花びらを震わせて物欲しそうに蜜を溢れさせる。

彼は私のお尻に自身のモノを押し付けた。ついさっき精を放ったばかりだというのに、それははち切れんばかりに硬く張り詰め反り返っている。

「えっ、うそ……もうこんなに……？」

「うん。幸だってもうこんなに濡れてる。そうだ……夏樹はいつもどんな風にしてた？」

「……後ろからが多かったかな……」

「じゃあ次はそうしようか」

「ええっ……!?　でも、さっきあんなに……」

「三年分だろ？　これくらいじゃ全然足りなくない？」

たった一晩で三年分するつもり!?　そんなの私の身が持たない!!

もしやこの人、とてつもなく絶倫なの……？

「私を抱きつぶすつもり……？」

身の不安を感じて逃げ腰になりながら尋ねると、彼はおかしそうに声をあげて笑い、私の腰を引き寄せた。

「幸がそうして欲しいならね。俺は幸の望むようにするよ。めちゃくちゃに抱きつぶされたい？　それとも、優しく愛されたい？」

「……優しく、めちゃくちゃに愛されたい……」

「それいいね」

そう言って彼は背後から私の頬や額、唇に何度も口付けながら、優しい手付きで肌を撫でる。その手はゆっくりと下の方へと滑り降りて、濡れそぼった花芯に長い指を忍び込ませた。

小刻みに指を動かして中と外を同時に擦られると言い様もない快感が押し寄せて、私は甲高い声をあげながら背を仰け反らせる。

熱く火照った体を獣のような体位で繋げて執拗に攻め立てられ、何度果てたかわからない。朦朧とする意識の中で、「幸、可愛いよ」と囁く彼の甘く優しい声が耳の奥に響いた。


目が覚めた時には窓の外はもうずいぶん陽が高くなっていて、隣に富永さんの姿はなかった。

おそらく彼は、私が眠ってから黙って部屋を出て行ったんだろう。私は今日は仕事が休みだけれど、彼はきっと仕事に行ったんだと思う。

第一印象は無口でクールな感じの人だったのに、どうやら彼は、バカがつくほどのお人好しの世話焼きで、ちょっとSの気があって、とんでもなくエロい手練れだったようだ。

改めて思い返すと、酔っていたとはいえ自分から彼を求めたことも、あんなに甘い声をあげて乱れたことも、とんでもなく恥ずかしい。

行きずりの人と一夜限りの関係なんて、二十八年間生きてきて初めてのことだった。

夏樹の代わりになんて言って、それっぽいこともしていたけれど、富永さんは最初から最後まで優しかったし、当然のことながらキスの仕方も抱き方も、夏樹とはまったく違っていた。一方的な夏樹に比べて、富永さんは私を気持ちよくすることを優先してくれたように思う。

恋人でも好きでもなんでもない相手とでも、あんな風にできるものなんだな。もしかして私の体は、自分が思っていた以上に欲求不満だったのかもしれない。

私も富永さんもいい歳をした大人だし、お互い恋人はいないんだから、お酒の勢いで一夜の過ちがあっても、誰が咎めるわけでもない。相手が夏樹の妻になった琴音の元カレだということだけは、少し複雑な気もするけれど。

夏樹とは得られなかった、言葉では言い表せないような快感で私を満たしてくれたのは、間違いなく彼だった。

2　見返してやろうよ

私は今、どういうわけか、会うのはきっと一度きりだと思った人と食卓を囲んでいる。

彼は当たり前のように私の向かいの席に座り、私が作った料理を口に運ぶ。

「あっ、やっぱりうまい」

「それは良かった……」

「前も思ったけど、幸さんは料理うまいんだね」

「それほどでも……」

しらふの状態で向かい合うと、彼の箸を持つ指や料理を食べる口元に、つい目がいってしまう。

あの指や唇が私の身体中に触れたんだと思うとゆうべのことが無性に恥ずかしくて、さっきから私はうつむきがちに視線をさまよわせている。

それなのに彼はどうして、なんでもなかったような顔ができるんだろう？

私は彼の様子を窺いつつ、切り分けたロールキャベツを口に運びながら、一体なぜこんな妙な状況になったのかを思い返してみる。

家事を済ませた後、心地よい疲労感から眠りに誘われ、目覚めた時にはすっかり陽が傾いていた。

急いで夕食の買い物をしに近所のスーパーへ向かう途中で、家事をしている時になぜか無性にロールキャベツが食べたいと思ったことを思い出し、足りない材料を買って急ぎ足で帰宅すると、玄関の前に富永さんが佇んでいた。

驚いて絶句していると、富永さんは私の手から買い物袋と鍵を奪い、ドアを開けてさっさと部屋の中に入ってしまった。

無下に追い返すこともできず、とりあえず落ち着こうとコーヒーを淹れた。

「よく考えたら連絡先も聞いてなかったよね」

私が淹れたコーヒーを飲みながら、彼はさらりとそんなことをのたまった。

連絡先って……必要？　ゆうべのあれは酔った上での一夜の過ちだったんじゃないの？

富永さんが何を考えているのかがわからず、頭の中をグルグルさせながら黙ってコーヒーを飲んだ。

「今朝は気持ち良さそうに寝てたから起こさなかったけど、俺が黙っていなくなったことで誤解されてるんじゃないかと思って」

なんだ、今朝までいたんだ……。私はてっきり、事を終えて私が眠ったらさっさと帰ったんだとばかり思ってたのに。

「あの……誤解されてるって何？　どういうこと？」

「ん？　もしかして俺とはこれっきりとか思ってなかった？」

たしかに思ってたけど……え、誤解って何⁉

「ゆうべのあれは……酔った上での、一度きりのことじゃなかったの？」

おそるおそる尋ねると、富永さんは向かいに座った私の頬に手を伸ばし、顔を近付けてキスをした。驚きのあまり目を見開くと、富永さんはおかしそうに笑った。

「誰がそんなこと言った？　俺、最後まで責任持って面倒見るって言ったはずだけど？」

えぇーっ⁉　最後までって、昨日のやけ酒のことじゃなかったの⁉

酔い潰れても責任持って送り届けてやるとか、介抱してやるとか、そういうことだと思ってたのに……。

最後までって、どこが最後なの⁉　世話焼きもそこまでくると国宝級だ。

「わけわかんない……」

「わかんない？　じゃあしらふでもう一回する？　ゆうべよりもっといいかも」

「いや……それはいい……」

なんだこれ……？　会って早々、いきなりエロ全開なの？

琴音が夏樹に乗り換えたと知った途端、私を食い尽くそうって思ってるの⁉

一度くらい寝たからって私のことなんか好きになるわけないし、もしかして貞操観念のユルい都合のいい女だとか思ってる？　それとも同僚に男を横取りされた可哀想な女だとか思ってるの？

富永さんの不可解な言葉に、私の頭の中はプチパニックを起こした。

「とりあえず、腹減らない？　飯でも食いに行く？」

呆然（ぼうぜん）とマグカップを握りしめる私を気に留めることもなく、富永さんは涼しげな顔で尋ねた。

こんな時に腹減りますか？　いや、減っていたとしても、何事もなかったように食事に行こうと誘いますか？

っていうか、さっき私を当たり前のようにベッドに誘ったよね？

この人の脳内はどうなっているのか。フォークで頭を突き刺して、中身をえぐり出してやりたい衝動に駆られた。

「ロールキャベツ……」

「え？」

「今夜はロールキャベツにしようと思って材料を買ってきたので……」

「へぇ。俺にも食わせてくれる？　ってか食べたい。幸さんの手料理、食べさせてよ」

材料が一人分しかありませんので！　と断ろうかと思ったけど、調理台の上に置いた買い物袋に注がれた彼の視線が、嘘（うそ）はやめろと私を責めているように感じた。

明日も食べられるようにまとめて作ろうと、多めに買ったロールキャベツの材料と数日分の食材で、買い物袋はいっぱいになっている。

私が眉間にシワを寄せて買い物袋とにらめっこしていると、富永さんがガックリと肩を落としてため息をついた。

「ダメかぁ……。幸さんがイヤならしょうがない、帰って一人寂しくお茶漬けでも食うかな……。食べたかったな、幸さんのロールキャベツ……」

わざとらしい……！　それは私に甘えてるつもりなの⁉

昨日散々やけ酒に付き合わせた上におごってもらった手前、空腹のまま追い返せない。

「もうわかったから……。富永さんの分も作るから、食べて行って」


それから私は、材料を調理台に並べて夕飯の支度を始めた。

「手伝おうか？」

「いえ、お気遣いなく」

一緒にキッチンに立つなんて冗談じゃない。相手は何を考えているのかわからない肉食獣みたいな男だ。空腹の肉食獣のことだから、例えあまり美味しくなさそうな私にでも嚙みついて来るかもしれない。

料理をしている間も、裸でエプロン着けろとか、キッチンでやらしいことしようとか、また無茶な要求をされたりはしないかと気が気でなかった。

しかし私のそんな心配をよそに、富永さんはベッドにもたれて、料理ができるのをおとなしく待っていた。

そして向かい合って食事をしている今に至る。

「ホントうまいな。彼女の手料理っていいよね。昔から憧れてたんだ」

彼女の手料理って……。

そもそも私はお酒に酔った勢いに任せて一度寝ただけの女であって彼女なんかじゃないし、男前の彼なら琴音以外にも彼女くらいいただろうに。

「料理作ってくれる彼女の一人や二人、いたでしょう？」

「いや、いなかったよ。どうしてかわからないけど、付き合うのは料理が苦手な子ばっかりで、作ってあげたことはあっても作ってもらったことはない」

なるほど、琴音もそのうちの一人ってわけね。

「琴音とは付き合い長かったの？」

「えーっと……なんだかんだで六年……もうじき七年かな？」

「な……七年……!?」

彼の七年に比べたら、私の三年なんてまだまだ可愛いもんだ。私の場合は定宿として三年間利用されただけで、結局彼女にはなれなかったんだけど。

「あの……琴音との話、聞いてもいい？」

私が尋ねると、富永さんは少し顔をしかめた。

「話して聞かせるほどのことは特にないよ。とにかくわがままで世話が焼ける。それだけ」

七年近くも付き合っててそれだけ？　それとも話したくない理由でもあるのかな？　これ以上踏み込むのはやめた方がいいのかも。

そう思ったのだけれど、そんなに長い間、琴音の世話を焼き続けてきた富永さんの気持ちを思うと、なんとなく黙っていられなかった。

「でも七年は長いよ……。富永さんはなんとも思わないの？」

「んー……正直言うと、琴音が俺に黙って結婚したことにはムカついてる。そこはせめて、礼の一言くらいは言うべきだろって」

琴音が富永さんに一言でもお礼を言えば、それまでのことを水に流して笑って送り出せたのかな？

もしこれが私だったら……？

夏樹に〝三年間ありがとう〟とお礼を言われたとしても、決して割り切れなかったと思う。

「本当にそれだけ？」

「それだけ？　って……どういうこと？」

「琴音は富永さんと付き合ってたのに、他の人と浮気を繰り返してたんでしょ？　好きじゃなかったら、七年も面倒見られなかったんじゃないかなって」

富永さんは箸を止めて意外そうな顔をした。そして少し首をかしげた後、何度か小さくうなずいた。

「好き……だったのかな？」

「え？」

「最初こそそういう感情はあったと思うけど……だんだんそう思えなくなったんだ」

富永さんが琴音を恋人として好きだと思えなくなったのはいつなんだろう？　それでも琴音を見捨てたり突き放したりはせず、面倒を見続けたのはどうして？　そんなに長い間、好きでもない相手の世話を焼けるものかな？

「富永さん……ホントは琴音のこと、今でも好きなんでしょ？」

食後のコーヒーを飲みながら私が尋ねると、富永さんは眉間に深くシワを寄せた。

「そんなことない。ただ手が掛かるからほうっておけなかっただけ」

「嘘だ……。私だったら、そんなに長い間、好きでもない相手の面倒見られないもん」

「嘘じゃないよ。実際俺は琴音がいなくなって清々してる。結婚は琴音本人が決めたことなんだから、それでいいんだ。幸さんは？　まだ彼のことが好き？」

「うん……。好きにはなってもらえなかったけど、三年間、私には夏樹しかいなかったんだよ。そんな簡単に忘れられない……」

「ふーん……。あんなひどい仕打ち受けてもまだ好きなんだ」

富永さんは少し呆れたように大きなため息をついた。

「俺ね……どうやら独占欲が強いみたい」

「そうなの？」

　独占欲が強いなら、何年もの間、琴音を好き勝手泳がせたりはしなかったはずなのに、なんだかおかしなことを言っているなと思う。

「なんかちょっとムカつくよね」

「何が？」

「いや、こっちの話」

　そう言って富永さんはジャケットのポケットからタバコを取り出した。

「あ……そうか。幸さんはタバコ吸わないから灰皿なんかないよね？」

「あるけど……」

「彼がタバコ吸う人だったから？」

「うん。持ってくるね」

　キッチンの換気扇の下には、夏樹がうちに来ていた時のまま灰皿が置かれている。もう必要ないのに、なんとなくそのままにしていた。

「もしかしてその灰皿は、今も彼のために置いてるの？」

「そんなんじゃないよ。なんとなく捨てそびれてただけ」

「ふーん……」

　灰皿を差し出すと、富永さんはタバコに火をつけた。私から顔を背けて煙を吐き出すあたり、一応気遣ってくれているらしい。

夏樹はそんなことしなかったな。

「じゃあこの灰皿、これからは俺のために置いといて」

「……え？」

「あ、やっぱ彼が使ってたのを俺のために置いといてもらうのはちょっとイヤかな。新しいの買って来よう」

やっぱり琴音を奪った夏樹のことは気に入らないから、夏樹の使っていた灰皿を使うのはイヤなんだな。〝坊主憎けりゃ袈裟まで憎い〟って感じ？

……っていうか、恋人でもないのに新しい灰皿を用意してまで私の部屋に入り浸るつもり？

「富永さんがここに来る理由なんかないでしょ？」

「来ちゃダメ？　俺は来たいんだけど」

やっぱりこの人の考えていることは私には理解できない。体が目当てなのかとも思ったけれど、ゆうべはお互い酔ってたから普通の状態じゃなかったし、そもそも私は目当てにされるほどのいい体じゃない。

「何も私なんかのところに来なくたって、富永さんならすぐに他にいい人が見つかるんじゃないの？」

「それでも俺は幸さんの部屋に来たいの。わかる？」

「そんなに私の作る料理が気に入ったの？」

「そういうことにしとこうかな」

富永さんは苦笑いを浮かべながら、またタバコに口をつけた。夏樹のタバコとは違う匂いがする。

ゆうべ富永さんとキスした時も、夏樹とは違うタバコの味がした。他の人とキスをしている時も夏樹のことを思い出してたのか、私は。

「彼を取り戻したい？」

富永さんは灰皿の上でタバコの火をもみ消しながらそう言って、私の顔をチラッと見た。

「取り戻すって言っても……夏樹はもう琴音と結婚したんだよ？」

「それでもまだ好きなんだろ？　奪ってやればいいじゃん。まぁ、ほっといたってあの二人、すぐ別れると思うけどね。よくもって半年……いや、三か月かな」

「三か月って……」

付き合って三か月で別れるのと、結婚して三か月で離婚するのとではわけが違う。二人とも子供じゃあるまいし、いくらなんでもそれはないと思うけど。

「なんでそう思うの？」

「琴音が男を選ぶ基準くらい知ってるよ。顔と体の相性が良くて、わがままを聞いて甘やかしてくれる男が好きなんだ」

なるほど、富永さんもそんな理由で琴音に選ばれたということか。男前でかなりの手練れだし、世話焼きでお人好しだもんね。琴音の好みそのものなんだな、富永さんは。

「彼はなんで三年も幸さんの部屋に入り浸ってたんだと思う？」

「さぁ……。本人から聞いたことはないけど、いろいろ便利で楽だったからじゃないかな。顔でも体の相性でもないのだけはたしか」

「なんとなくわかる。幸さんといると落ち着くもんなぁ。琴音とは正反対だ」

美人で華やかな琴音と正反対なのは自覚しているけれど、ハッキリ言われるとちょっとヘコむ。

「私が地味で所帯染みてるから落ち着くって言いたいの？」

「そういうつもりで言ったんじゃないけど。幸さんって自分のこと地味だってよく言うよね。それ、コンプレックス？」

痛いところをついてくるな。

地味で目立たない私はいつも友人の引き立て役だった。付き合っていた人に、地味でつまらないという理由でフラれたこともある。

たしかにこれは私にとって大きなコンプレックスだ。だけど私が派手な格好をしたって絶対に似合わないんだから、どうしようもない。

「私は美人でも可愛くもないし、地味なのは事実だから」

「そう？　たしかに派手ではないけど、地味っていうか無駄に飾らないだけで、幸さんはそこがいいと俺は思うんだけど」

やけに誉めるな。私を誉めてもなんの得にもならないのに。

もしかして琴音みたいに、メイクも服装も華やかで完璧なわかりやすい美人は好みじゃないのかと思ったけれど、富永さんは琴音と付き合ってたわけだし、やっぱり面食いなんじゃないだろうか。

「説得力ないよ」

「疑い深いんだ。じゃあさ、もし幸さんが彼好みの美人に変われば、彼はどう思うだろうね？」

「どうって……」

どれだけ頑張っても私が琴音より美人になれるとは思えないし、もし私が少しくらい美人になれたところで、今更どうにもならないと思う。

「幸さんは琴音にない良さを持ってるし、彼もそこが気に入ってたんだと思う」

琴音にない私の良さって何？　だったらどうして夏樹は私じゃなく琴音を選んだの？

「ないない……。私にそんなものがあったら、夏樹は琴音と結婚なんかしてないよ」

「彼が琴音との生活に疲れてきた頃が狙い目かな。たしかにちょっと足りない部分もあるけど、そこは俺がなんとかしてあげる」

「……人の話聞いてる？」

「好きなんだろ？　だったら少しはあがいてみろよ。あきらめるのはそれからでも遅くない」

富永さんは私のために、琴音から夏樹を略奪する手助けをしようとしているらしい。だけどそんなことしても富永さんにとって得があるとは思えない。

それとも夏樹と琴音を別れさせるために私を利用しようとしているだけ？

「ねぇ……なんでそこまでしてくれるの？」

「なんでかな？　なんとなくだよ。幸さんが名前通りに幸せになれたらいいなって」

やっぱり、バカがつくほどのお人好しの世話焼き……？

「富永さんは？　もし琴音が、夏樹と別れるから結婚してくれって言ったらどうするの？」

「それはあり得ないし、もちろんお断り」

富永さんは琴音には未練がないらしい。だったら尚更、夏樹と琴音が別れたって富永さんにとっていいことなんてひとつもないはずだ。

「どう？　やってみる？」

「やめとく。もし夏樹が私を好きだって言ってくれたとしても、また他の人のところへ行くんじゃないかって、ずっと疑っちゃいそうだもん」

あんな思いをしたのに、毎日平気な顔をして一緒にいられるとは思えない。いくら好きでも疑心暗鬼になりながらそばにいたって、きっと幸せなんかじゃないだろう。

「それもそうか。だけど、見返してやろうとは思わない？」

「見返すって……？」

「幸さんを選べば良かったたって、後悔させてやろうよ。俺もかなりムカついてるから、ちょっと痛い目見せてやりたい」

たしかに七年近くもずっと面倒見てきたのに、なんの断りもなく他の人と結婚なんかされたらちょっとムカつくどころの話じゃないだろう。

「幸さんはあの二人から〝ごめん〟の一言でも言われた？」

改めて考えると、〝ごめん〟も〝ありがとう〟もなかった気がする。

来週からまた琴音は何事もなかったような顔をして、真新しい結婚指輪を見せつけながら新婚の幸せオーラ全開で出勤するに違いない。仕事帰りには夏樹に迎えに来させたりして、夏樹も鼻の下伸ばして琴音を甘やかすんだろう。

ついこの間まで私に頼りっきりで甘えていたくせに、美人の琴音のわがままならいくらでも聞けるとか、むしろウェルカムと思ってるとか？　そう考えると無性に腹が立つ。

「そんなの一言もなかった……。たしかにムカつくかも……」

「だよね。だったら俺と付き合おう。よし、決まり」

……気のせいかな？　今、妙な言葉が耳を掠めたような……。

「何が決まり？」

「俺と付き合おう」

「えっ⁉　なんでそうなるわけ？」

二人の幸せぶりを見せつけられるのはたしかにムカつくけれど、なんで私が富永さんと付き合わなきゃいけないの⁉

「家事が苦手な彼が、俺以上に琴音の面倒見られると思う？　琴音は間違いなく俺のところに戻って来るよ」

「まさか……。二人は結婚したんだよ？　そんなに簡単に別れるとは思えないけど」

「いや、断言できる。琴音との生活に嫌気がさした彼は、幸さんが恋しくなって会いに来るよ。綺麗(きれい)になった幸さんが俺に思い切り甘やかされて、幸せそうにしてる姿を見たら、彼も琴音もかなり悔しがるだろうね」

そんなにうまくいくものかとは思うけど、夏樹と琴音が悔しがる顔は、正直ちょっと……いや、かなり見てみたい。

「そんで、離婚するからより戻してくれって言われたら、ふざけんなって言ってやるんだ。面白いだろ？」

面白い……のか？

富永さんは楽しそうに笑っている。琴音がなんの断りもなく夏樹と結婚したことに、きっとすごくムカついて根に持ってるんだな。

「そんなわけだからさ。これも何かの縁だし、俺と付き合おうよ」

「えーっ……。ふりだけじゃダメ？　ホントに付き合う必要なんてないでしょ？」

「ふりだけしたってすぐバレるよ。幸さんはそんなに芝居が上手なの？　誰がどう見ても疑う余地がないくらい、完璧に演じる自信はある？」

「ない……けど……」

女優じゃあるまいし、そんなことできるわけがない。とはいえ、いくらなんでも夏樹と琴音を後悔させるためだけに付き合うのもどうかと思う。

「じゃあゆうべみたいに、俺を彼だと思えばいいよ。彼にして欲しかった恋人らしいこと、彼の代わりに俺が全部してあげる」

「夏樹の代わり……?」

「ホントは彼に甘えたかったし、ちゃんと恋人になりたかったんだよね? 幸さんが嫌がることはしないし、もしどうしても無理なら、いつでも別れてOKってことでどう?」

富永さんが悪い人ではなさそうなことはなんとなくわかるし、昨日までよく知りもしなかったはずなのに、一緒にいても不思議と違和感がない。

夏樹が来なくなってから、私はずっと寂しかった。あんなに苦い思いをさせられたのにまだあきらめきれないなんて、自分でも心底バカだと思うけれど、嘘でも幻でもいいから夏樹に愛されたい。

富永さんが好きなのは私ではないことも、身代わりは本物にはなり得ないこともわかっている。だけど少しくらいは、叶わなかった夢の続きを見たいと望んだって許されるはずだ。

どうせ次の恋の当てがあるわけでもない。だったらいっそ、この人の口車に乗ってみようか。

それで少しは綺麗になって自分に自信が持てるなら、今より前向きに生きられそうな気がする。

「ホントに……ちゃんと約束守ってくれる？」

「もちろん」

「じゃあ……」

「OK？」

私がうなずくと、富永さんは満面の笑みで私の両手を取った。

「じゃ、今から恋人同士ってことでよろしくね、幸。俺のことは恵介って呼んで。それとも夏樹の方がいい？」

「よろしく……恵介……」

「あ、そうだ。恋人なんだから、幸がイヤじゃなければエッチなこともしていいよね？なんだったらまた目隠しするよ？」

この人はやっぱり見掛けによらずエロい。うっかり口車に乗せられてしまったことを、早くも後悔し始めた。

「……イヤです、しません」

「じゃあ幸がしたくなるまで気長に待つからいいよ」

冷静に考えると、なんだかおかしなことになっている。だけどOKしてしまったから、後には引けない。

お酒の勢いとかその場の雰囲気に流されないように気を付けなくちゃ。

付き合うことになった翌日から、富永さん……いや、恵介は、夏樹と同じように仕事の後に私の部屋にやって来るようになった。

夏樹と違うのは、部屋に来るのが深夜ではないことと、私を気遣って優しくしてくれること、そして必ず自分の家に帰ることだ。

キッチンで一緒に夕飯の支度をして、向かい合って食事をして、食後のコーヒーを飲みながら他愛ない話をする。遅くまで長々と居座ることもなく、ある程度の時間になったら〝おやすみ、また明日ね〟と言ってあっさり帰っていく。

最初の約束通り、恵介は私の嫌がるようなことは一切しない。それどころか、手土産に私の好きなイチゴのアイスを買ってきてくれたり、凝り固まった肩を揉んでくれたり、『今日も一日頑張ったね』と言って私を抱き寄せ、優しく頭を撫でてくれたりする。

あまりの心地良さにウトウトして、恵介の前で自然と無防備な姿をさらしてしまったときには、夏樹はこんなことしてくれなかったなと頻繁に思っている自分に気付いた。

恵介自ら夏樹の代わりになると言ったとはいえ、比べるのは失礼かとも思うけれど、恵介と夏樹はとことん正反対だ。

隣にいる人が変わると、一緒に過ごす時間がこうも違うのかとしみじみ思う。

夏樹とは一緒にいても、それぞれが別々にそこにいるように感じていた。恵介は一緒にいる時はもちろん、別々にいる時でさえ常に私を気にかけてくれて、連絡もマメにしてくれる。

おかしななりゆきで付き合い始めたけれど、恵介と一緒にいることはちっともイヤじゃないし、むしろこれが自然なような気までしてくる。

つい何日か前まではよく知らない人で、好きになって付き合ったわけでもないのに、なんだか不思議な人だ。


付き合い始めてから初めての日曜日、私が仕事を終えてブライダルサロンを出ると、恵介がサロンの前で待っていた。恵介は私の姿に気付くと、軽く右手をあげてニコッと笑った。

「幸、お疲れ様」

「迎えに来てくれたの？」

予定外のことに驚いて尋ねると、恵介はおかしそうに笑みを浮かべた。

「迎えに来たくらいでそんなに驚くか？　俺、一応幸の彼氏だよ？」

〝幸の彼氏〟という響きがなんとなく照れくさい。

「まさか迎えに来てくれるとは思ってなかったから」

「俺は今日休みだったから、仕事でお疲れの幸と一緒に食べようと思って、夕飯を用意したんだ」

「ホント？　嬉しい！」

　夏樹は一方的な都合で私の部屋に来ていただけで、夕飯の支度をしてくれたことはなかったし、仕事の後に迎えに来てくれるなんて夢のまた夢だった。それが当たり前だったから、恵介の気遣いとか優しさが身に染みる。

「じゃあ行こうか」

　恵介は笑って手を差し出した。

「えっと……？」

「手ぐらい繋ごうよ、恋人同士なんだし。それとも俺とは手を繋ぐのもイヤ？」

　夏樹とは外で会ったりはしなかったから、手を繋いで歩いたこともなかった。いい歳をして少し恥ずかしいような気もするけれど、彼氏と手を繋いで歩くことにちょっと憧れていたから、なんだか嬉しい気もした。

「イヤ……ではない、かな……」

「良かった」

　恵介は私の手を取り指を絡めた。

　これが巷で言うところの、恋人繋ぎとかいうやつ……？　普通に手を繋ぐより密着感があって、なんとなく裸で絡み合っている男女の姿を想像させるような、二人の親密さを周りにアピールしているような、そんな気がする。

〝私たちはお互いを知り尽くした深い仲ですよ！〟って……？

そんな風に考え始めると、この手の繋ぎ方がすごく恥ずかしい。

「あの……ちょっと恥ずかしいんだけど……」

「ん？　なんで？」

「こういうの、慣れてなくて……」

「そうなんだ。俺も今まであんまりこういうことしなかったな。でもこれ、俺が幸を独り占めしてるって感じで、なんかいいね」

何、この甘々な感じ……？　恋人気分が盛り上がって、本来の目的を忘れてる……？

「恵介って彼女にはこんな感じなの？」

「こんな感じって？」

「甘いっていうか……」

「そうでもない。甘やかすとダメになって、ろくなことなかったから。その点、幸は安心して甘やかせる」

「ふーん……」

恵介は私の手を引いて楽しそうに笑いながら歩く。

琴音とは手を繋いで歩いたりしなかったのかな？　〝頼って当然って顔して甘えられても、可愛くもなんともない〟なんてことも言っていた。私のことを好きではなくても、気を遣って恋人らしく振る舞ってくれているのかも。

恵介が優しくしてくれることに慣れて甘えるのが当たり前にならないように、私も気を付けよう。私たちは目的を果たしたら、赤の他人同士に戻るんだから。

予想していた通り、恵介の部屋はキッチリと片付いていた。けれど男性の一人暮らしによくある殺風景な感じではなく、そこで暮らしが営まれている程よい生活感があった。

恵介は部屋に入るなり、早速キッチンに立つ。

「腹減ってるだろ？　すぐ準備するから、ゆっくりしてていいよ」

「なんか手伝う。洗面所借りるね」

ジャケットをダイニングの椅子に掛けて洗面所で手を洗い、キッチンへ行ってそばに立つと、恵介はやわらかく微笑んだ。

「じゃあ、運んでくれる？」

「うん」

白い大きなお皿にはハンバーグとニンジンのグラッセ、グリーンサラダが盛られている。

「美味しそう。恵介は料理上手なんだね」

「一人暮らし長いし、わりと自炊はしてる方だから」

男の人なのに珍しいな。

夏樹が私の部屋に来る時は食べる専門だったけれど、琴音のためなら喜んで料理を作ってあげたりするんだろうか。

ダイニングのテーブルに料理を並べて、向かい合って食事をした。恵介の作った料理はとても美味しかった。それを素直に伝えると、恵介は嬉しそうに笑った。

食事の後は、二人で一緒に食器を洗った。

夏樹は自分が使ったコップのひとつも洗おうとはしなかったな。

「琴音にも御飯作ってあげたりしてたの？」

「夜中だろうがこっちが疲れてようが押し掛けて来て、あれ食べたいとかこれ作れとか、しょっちゅう作らされてた」

恵介は琴音の話題になると途端に苦虫を嚙み潰したような顔をする。だけど自分がどんな状況でも料理を作ってあげていたのだから、やっぱりお人好しの世話焼きだと思う。そう言ったら気を悪くするかな。

「なんだかんだ言って優しいね」

「そういうわけじゃないけど……あいつはしつこいんだよ。食わせるまでずっとうるさいから仕方なく」

照れ隠しなのかそんなことを言ってるけれど、相手が誰であれほっとけないということは、根は優しい人なんだろう。

「私なんて夏樹に料理を作ってもらったことなんか一度もないよ。なんでも残さず食べてはくれたけどね」

お皿の泡をすすぎながら、私の作った料理を美味しそうに食べる夏樹の顔を思い出した。

「夏樹は煮物があまり好きじゃないんだけどね。私の作った煮物は好きだ、って……」

夏樹が来るようになって間もない頃には、幸の作った料理は美味しいから毎日でも食べたいと言ってくれたこともあったな。その時はあまりの嬉しさに舞い上がって、いつか本当にそうなればいいなと淡い夢を見た。

結局、夢は夢のまま終わったんだけど。

「そんなこと、夏樹はもう忘れちゃっただろうなぁ……」

思わずそう呟(つぶや)くと、最後の食器を洗い終えた恵介は、黙ったまま手についた泡を水ですすぎ落としてタオルで手を拭いた。

「俺だって幸の手料理なら毎日でも食べたいと思ってるし、これからは料理くらいいくらでも俺が作ってやるよ。それよりコーヒーでも飲む?」

「うん……ありがとう」

これからは、とか……やけに言うよね。なんだかとっても恋人っぽい。

コーヒーメーカーをセットする恵介の背中をなんとなく眺めた。飛び抜けて背の高い夏樹に比べると恵介の体は少し小さいけれど、その背中がやけに広く感じる。

「ん?　どうかした?」

恵介が急に振り返った。今一緒にいるのは恵介なのに、夏樹のことばかり考えているのが見透かされていそうで、少し慌ててしまう。

「コーヒー、いい香りだなって。私もコーヒーメーカー買おうかな」

「わざわざ買わなくても、これからはうちで飲めばいいじゃん。コーヒーくらい毎日でも淹れてあげるよ」

　根本的に甘やかしたいタイプなんだな。こんだけ甘やかされたら、そりゃみんなダメになるって。

「毎日でも？　私、コーヒーのためにここに通うの？」

「コーヒーよりは、むしろ俺のために？」

　恵介は自分でなんでもできるから、私が世話を焼く必要はない。毎日私が通わなきゃいけない理由なんて何もないはずなのに。これはやっぱり、俺に会いに来いとか、そういう意味？

「……恵介って意外とキザなんだ」

「キザ……？　そんなこと初めて言われた」

　恵介はローテーブルの上にカップを置いてソファーに座り、私を手招きした。

「幸、こっちおいで」

「うん」

　私もソファーに座り、コーヒーを一口飲んだ。恵介もブラックのコーヒーをゆっくり飲んでいる。

　私のコーヒーはミルク入りの砂糖なし。付き合ってまだ数日しか経っていないのに、恵介は私のコーヒーの好みまで覚えてくれている。

「美味しい」

「やっぱり毎日通う？」

「それはちょっと大変かな」

「だったらいっそのこと、ここに住んじゃう？」

いきなりそれはどうかと思う。

どこまでが冗談でどこからが本気なのか。いや、恋人らしいことを言ってみただけで、むしろ全部が冗談？　私も気の利いた甘い言葉のひとつでも返した方がいいのかしら。

「一緒に住むならもう少し広い部屋に引っ越した方がいいんじゃない？」

「たしかに二人で住むにはちょっと手狭か。それにお互い通勤に便利な場所の方がいいもんな。よし、今度一緒に部屋探しに行こう」

えーっと……それも冗談のカップルトークだよね？　私は一緒に住むことをやんわりとお断りしたつもりなんだけど……。

「……冗談だよね？」

「いや、割と本気。幸がその気になったらでいいよ」

恵介の本気って何？　私がその気になったら、って……？　それもやっぱり冗談？

これまでの彼女にはあまり甘くなかったと言っていたのに私にはやけに甘いし、冗談にしろ、どういうわけかグイグイ来るんだけど……。それがまた強引な感じで迫るわけじゃないから、不思議とイヤな感じがしない。

私を口説いたってなんの得にもならないはずなのに、一体何を考えているのやら。

何食わぬ顔をしてコーヒーを飲んでいた恵介が、何かを思い出したように顔を上げて、壁に掛かったカレンダーを見た。

「ああ、そうだ。そろそろ琴音が新婚旅行から帰って来てるんじゃないの？」

「うん。明日から出勤するよ」

そうか、先週の土曜日に夏樹と琴音が結婚式を挙げてから、もう一週間経ったんだ。

恵介と会ったのが月曜日だった。毎日会っていたせいか、まだ一週間しか経っていないのに、もっと長く一緒にいるような気がする。

「明日から琴音が仕事に出てくるのか」

恵介は顎に手を当てて、少し考えるそぶりを見せた。

「幸、仕事中はいつもこの髪型？」

「そうだけど……」

「職場で特に決まりはないの？」

「常識の範囲内なら、特に決まりはないよ」

私はいつも、胸の辺りまである髪をバレッタで束ねている。それと琴音と、なんの関係があるんだろう？

「ちょっといい？」

急にバレッタを外されて、束ねていた髪がぱらりとほどけた。

「えっ……急に何？」

「髪型、少し変えられる？　耳の下辺りで結んで前に垂らすとか」

「できるけど……なんで？」

「派手にするんじゃなくて、内からにじみ出る大人の女の色気みたいなのを出せたらいいなーって」

　大人の女の色気なんて私にはかなり縁遠い言葉だ。そんなものが私にあるとは思えない。

「ヘアカラーとかパーマとか、別人みたいにイメチェンする方がいいんじゃない？」

「俺と付き合って綺麗になるって設定なら、急激にイメチェンするより少しずつ見た目が変化する方が説得力あるだろ？」

「なるほど……」

　なかなか芸が細かいというか、リアリティーを追求するタイプ？　もっとわかりやすく派手にイメチェンでもするのかと思ってたから、少しずつ変化するなんて発想はなかったな。

　思わず感心していると、恵介が突然私の髪を手でひとまとめにして、くるりとねじって持ち上げた。

「こんな風に結い上げるのもいいな。うなじにかかる後れ毛が色っぽくて」

「えぇっ……」

　恵介の指先が、無防備にさらされた私のうなじをスルッと撫でた。

「後れ毛もいいけど、やっぱりうなじがいいな。すっげぇうまそう。噛みつきたい」

「何言ってんの……⁉」

　一体なんだ、噛みつきたいって⁉　こんな地味な女、しらふの状態で食べてうまいわけないでしょ‼

　この男、やっぱり肉食獣だ……‼

「なんか恥ずかしいから……髪、下ろしてくれる……？」

「そう？　もうちょっと堪能したかったんだけど、幸がそう言うならしょうがないな」

　思ったより素直に言うことを聞いてくれるようだとホッとしたのも束の間、恵介はそっと下ろした私の髪を、今度は優しく撫で始めた。

「恵介……？」

「幸の髪は綺麗だな。手触りが滑らかですげぇ気持ちいい。ずっと触ってたい」

　恵介が私の髪を手で梳きながら耳元で囁いた。その手付きと声がやけに色っぽくて、急激に鼓動が速くなる。髪を撫でられているだけなのに、ゾクリと体の奥が疼いた。

　……なんか恥ずかしい。これじゃまるで、やらしいことされるのを私が期待してるみたい……。

　そう思うと余計に恥ずかしさが込み上げて、カーッと頬が熱くなった。

「幸、大丈夫？　なんか顔赤いよ？」

「大丈夫……」

早く手を離して欲しいのに、恵介は指で私の髪を耳にかけて、唇を近付けた。

「そう？　耳まで真っ赤だけど？」

い……息が耳にっ……！

耳の奥にゾワッと妙な感覚が走って、無意識に肩がビクッと震えた。思わず耳を手で覆う。

私、こんなに耳弱かったっけ……？

「ふーん……」

恵介は小さく呟くと、意地悪くニヤリと笑って私を抱き寄せた。それから耳を覆っていた私の手を取って、容赦なく耳たぶにキスをした。

「もしかして俺を誘ってる？」

「ないない、誘ってない！」

慌てて離れようとすると逃げられないようにガッチリと両腕で捕らえられ、耳元や首筋に何度も何度もキスされて、耐えきれず熱い吐息と甘い声がもれる。

「すぐ恥ずかしがるくせにめちゃくちゃ感じやすいし……。そういうところが可愛いよね、幸は。もっとしていい？」

「バカ……」

「イヤとかダメって言わないならするよ？」

本能的にはイヤじゃないから、して欲しいような気はする。だけど頭のどこかではダメだと思うから、してはいけない気もする。

　私がよほど困った顔をしていたのか、恵介は苦笑いをして小さくため息をついた。

「時間切れ」

　恵介は私の頰に軽くキスをして、頭をポンポンと軽く叩いた。

「無理させるつもりはないから」

「……うん」

　恵介は壁時計を見てソファーから立ち上がった。

「もうこんな時間だ。明日も仕事だし、そろそろ送ってくよ」

　がっかりしたようなホッとしたような、なんだか胸の奥がザワザワする。

　私は本当は、どうしたかったんだろう？

3　激甘彼氏、地味女を翻弄する

翌日、日焼けして出勤してきた琴音が、職場のみんなにお土産を配っていた。

案の定、琴音は休憩時間に新婚の幸せオーラ全開でのろけまくって、後輩たちと新婚旅行の話で盛り上がっていた。甘ったるい話し方と、わざと私に聞こえるように話してるのかと思うほどの高い声が癇(かん)に障る。

いい気なもんだ。聞きたくもないのに夏樹と琴音のラブラブぶりを無理やり聞かされるこっちの身にもなって欲しい。

琴音ののろけ話が耳に入るたびに、夏樹は私にはそんなこと言わなかったとか、私にはこんなことしてくれなかったとか思ってしまう。

そんなことを考えても仕方がないのに、胸の奥がモヤモヤしてムカムカして、惨めな気持ちが込み上げた。

恵介の言う通り髪型を変えて出勤した私への琴音の第一声は、〝髪型変えると少し雰囲気が違うね〟だった。まあ、そんなものだろう。

ゆうべの帰り際、恵介に言われた。〝俺と付き合ってること、今はまだ琴音には黙ってて〃と。

恵介に言われなくたって、私は元々琴音に話すつもりはなかった。〝あなたの元カレと付き合ってるの！〃なんて、普通は自分から言わない。

琴音が気付くまでは恵介とのことは話さないし、夏樹とのことを聞くつもりもない。

琴音のお土産のマカダミアナッツ入りチョコの箱を横目で見ながら、事務所で昼食を済ませた。

マカダミアナッツもチョコも好きだけど、食べる気がしない。もし食べたら、一粒一粒嚙みしめるごとに夏樹との三年間を振り返って泣いてしまいそうな気がする。

「西野さん、チョコ好き？」

パソコンに向かっていた西野さんが顔を上げて振り返った。

「大好きですよ」

「じゃあ、これあげる」

チョコの箱を差し出すと、西野さんは小さく首をかしげた。

「福多主任、チョコ好きでしたよね？　食べないんですか？」

「ダイエット始めたところでね、いきなり挫折するのもなんだから。でも琴音には内緒にしといてね」

「そういうことでしたら、遠慮なくいただきます」

西野さんは嬉しそうに受け取った。

リゾート地のお土産の安いマカダミアナッツチョコなんか要らない。帰りに駅前でカリスマショコラティエの高級なチョコを買って帰ろう。


仕事を終えて家に帰ると、部屋の前で恵介が待っていた。

ただそこに立っているだけなのに、やけに絵になる人だ。妙ななりゆきがあったとはいえ、こんな目を引く人が地味な私と付き合っていることが不思議でならない。

「おかえり」

「ただいま……。連絡くれたら私が行ったのに。ずっとここで待ってたの？」

「仕事終わってから俺んち来ると、帰りも遅くなるし大変だろ。合鍵も持ってないし、首長くして待ってた」

恵介とはまだ付き合い始めたところだし、そもそも合鍵を渡すような関係じゃない。

鍵を開けて玄関に入った途端、恵介は私を後ろから包み込むようにそっと抱きしめた。

不意を突かれて、私の心臓が大きな音をたてる。

「その髪型、似合うじゃん。俺が言った通りにしてくれたんだ」

「うん……」

「幸、めっちゃ可愛い。今すぐ食べたいくらい」

だあぁっ!! 恥ずかしい!!

恵介は恥ずかしげもなくそんな甘ったるいことを言うけれど、言われ慣れないことを言われた私は、恥ずかしさで悶絶（もんぜつ）しそうになっている。

おまけにうなじにキスをされて、どうにかなりそうなほど頭に血がのぼる。血管切れて死んじゃったらどうしてくれるんだ!!

「あの……とりあえず離してくれる……? ここ玄関なんだけど……高級チョコが溶けるっていうか……」

頭に血がのぼって、自分でも何を言っているのかよくわからない。

「玄関じゃなかったら食べていいの?」

いいわけあるか!!

「食べるならこっちにしようよ……。お土産の安いマカダミアナッツチョコじゃなくて、カリスマショコラティエが丹精込めて一粒一粒作り上げたんだよ……。苦い思い出を噛みしめなくてもいいように……」

回らない頭で一生懸命言い逃れようとすると、恵介はおかしそうに声をあげて笑った。

「なんだそれ。幸、テンパってる?」

誰のせいだと思ってるんじゃあ!! こちとら激甘には慣れてないんだよ!!

「チョコ買ってきたの?」

「買ってきたの。高級な美味しいやつを」

「口移しで食べさせてくれる？」

口移しでって……チョコが溶けるっての。っていうか、それ以前の問題だ。

この男は何考えてるんだ？

「断固お断りします」

「ふーん？　じゃあ、俺はこっちもらうからいい」

靴を脱いで部屋に入ろうとしたら、頭を引き寄せられ唇を塞がれた。突然のキスに驚いて、チョコの入った箱を落としてしまう。

ついばむような優しいキスを何度も繰り返した後、恵介は私の唇をペロリと舐(な)めた。

「ごちそうさま」

「しっ……信じられない……！」

思わず口元を手で覆うと、恵介はイタズラっぽい笑みを浮かべた。

「ゆうべ、いただきそびれたからね」

いただきそびれたって……！　ビックリするやら恥ずかしいやら、恵介の行動は私の常識の範疇(はんちゅう)を超えている。

きっと恵介は誰にだってあんなキスができるんだろう。本気で好きじゃない私にまでするんだから。私はあんな風にされることに慣れてないから、戸惑ってしまって拒むことも忘れていた。

恵介は何食わぬ顔をして、チョコの入った箱を拾い上げる。

「幸の帰りをお利口に待ってたご褒美ってことで」

「待っててなんて言ってないのに……」

「ひどいな。俺は早く幸に会いたくて、今か今かと幸の帰りを待ってたんだよ？　ご褒美くらいもらっても良くない？」

ああもう……！　また激甘だ‼

「あとでチョコあげるから大人しくしてて」

「幸が食べさせてくれるなら」

「……やっぱり一人で食べる」

遅くなったので、夕飯は簡単な炒(いた)め物と冷凍していた御飯で済ませた。有り合わせの物で作った夕飯なのに、恵介は満足そうだ。

「やっぱり幸の作った料理はうまいな。控え目に言って最高」

「そうですか……それはようござんした」

さっきいきなりキスをされてから、私は内心ビクビクしている。それを顔に出さないようにしようとすると、動揺が妙な言葉になって出てしまう。そのたびに恵介は必死で笑いを堪えている。

まったくもう……誰のせいだと思ってるんだ！

　少し腹が立って、ささやかな仕返しに今夜は眠れなくなればいいと、食後のコーヒーを濃いめに淹れてやった。

「……で、新婚の琴音はなんか言ってた？」

　苦いコーヒーを一口飲んで一瞬目を見開いた後、恵介はまた笑いを堪えた。

　なんかムカつく。朝まで寝返り打ってればいいのに。

「私がツアーを組んだ新婚旅行はずいぶん楽しかったみたいだよ。サイパンだからね、かなり日焼けしてた」

「そっちじゃなくて。幸に対してだよ」

　ああ、そっちじゃなくてこっちか。

「髪型変えると雰囲気が違うねって、それだけ」

「へぇ。他人のことに無関心な琴音がそんなこと言ったのか。上出来だな」

　上出来なのかな？　私の髪型がほんの少し変わったことなんて、琴音はなんとも思ってなさそうだけど。

「幸、髪飾りとか持ってる？　あったら見せて」

「なくはないけど……安物ばっかりだよ」

　私はおしゃれにはお金をかけないから、髪飾りなんてたいして持ってないし、買った物のほとんどが百均だと思う。洗面所に置いていたカゴごと差し出すと、恵介はついに堪えきれなくなったのか吹き出した。

「たしかに大人の女には程遠いかな……」

「悪かったわね……」

髪飾りの中で唯一値の張るものは、いつも使っているバレッタで、友人との待ち合わせ時間までの暇潰しに百貨店をウロウロしていた時に、デザインに一目惚(ぼ)れして値段も見ずに買ったものだ。

「幸、次の休みはいつ？」

「明後日」

「じゃあ明後日、俺の仕事終わってから一緒に買いに行こうか。定時で終わるようにするから」

「えっ、一緒に？」

「もちろん。なんで？」

恵介は不思議そうに尋ねた。

いやいや、なんで？　と尋ねたいのはむしろ私の方だ。

「だって……男の人は女の買い物に付き合うの苦手というか、嫌いでしょ？」

「彼とは一緒に洋服買いに行ったりしなかった？」

「行かないよ、彼女じゃないもん。夏樹とは昼間に一緒に出掛けたことすらない」

「そうか……それは寂しいな」

夏樹は私が新しい服を着ていても、髪を切っても、一度も何も言ってくれなかった。

きっと琴音が新しい服を着たり、髪型を少しでも変えたりしたら、可愛いとか綺麗だとか言って誉めちぎるんだろう。

「まぁ、男が女の買い物に付き合うの苦手ってのはわかるけどね。俺も琴音に無理やり付き合わされた時にはうんざりした」

だったら尚更、私なんかと買い物に行ったってつまらないはずだ。気を遣ってくれたことは嬉しいけれど、お断りしよう。

「無理して気を遣ってくれなくていいよ。買い物は自分で行くから」

「それじゃ意味ないんだよ。幸に似合うのを俺が選びたいから、一緒に行こうって言ったの。わかる？」

「……選びたいの？」

「そう、選びたいの。幸は飾り甲斐ありそうだもんな。普段飾り気がない分、ほんの少しのことですごく変わる」

ああ、なんだ。私のセンスの問題か。

私が自分で選ぶと似たような物ばかりで地味になってしまうから、恵介が選ぶっていうことだな。

「顔も地味だけど、服のセンスも地味だからね」

自分でも呆れるほど卑屈な物の言い方をした。さすがの恵介もため息をついている。私のこういうネガティブなところに呆れているんだろう。

「またそんなこと言って……。俺はそんな風には思わない。幸には幸の良さがあるんだから、自分を否定するようなこと言っちゃダメだよ」

恵介の言う私の良さってなんだ？　琴音と正反対の部分のこと？

倹約家とまではいかないにしても、少なくとも私は浪費家ではない。自分で言うのもなんだけど、真面目で堅実な方だと思う。

だけどそこがやっぱり地味で面白みに欠けるんじゃないか？

「恵介が言うように、私にしかない良さがあったとしてもさ……それじゃ琴音の良さには敵わなかったから、夏樹は琴音を選んだんだよね」

「彼は女を見る目がないね。俺は幸のこと、いい女だと思うよ」

いい女……って……。そんなこと言われるの生まれて初めてだよ‼

「お世辞はいい」

「俺、正直だからね。お世辞は言わない主義。幸は可愛いし、ちゃんと自立してるし、いい女だよ」

それは誉めすぎだ……。照れくさくてみるみる顔が熱くなる。

「幸、顔赤い。ひょっとして照れてる？」

恵介は身を乗り出して、熱く火照った私の頬にそっと触れた。

「そういうところが可愛いんだよなぁ」

「……物好き」

「なんとでも言え。可愛いものを可愛いと言って何が悪い」

なんなのこれ……羞恥プレイかなんかなの？　言われ慣れないことばかり言われて、私のキャパはもう限界なんだけど!!

恥ずかしさのあまり真っ赤になっているであろう顔を上げることもできずうつむいていると、恵介が椅子から立ち上がって私のそばに立った。

「幸、こっち来て」

恵介は私の手を引いてベッドの方へと進む。

「あの……恵介……？」

「幸があんまり可愛いから、我慢できなくなった」

「えっ⁉」

「ちょっとだけ」

ちょっとだけって何⁉

恵介はベッドの縁に腰掛けて、足の間に座らせた私を後ろから抱きしめた。

「幸がいやがることはしないから、ちょっとだけこうさせて」

「……ちょっとだけなら」

自分でも戸惑うくらい鼓動が速い。

「幸の心臓、すっげぇドキドキ鳴ってる」

「だって……」

「俺のせい？」

　私が小さくうなずくと、恵介は私を抱きしめる腕に少し力を込めて微笑んだ。ギュッと抱きしめられて密着した背中に、恵介の体温と少し速い鼓動が伝わってくる。

「めっちゃ嬉しい。俺もドキドキしてるの、わかる？」

「……うん」

「俺は幸と、もっとドキドキすることしたいんだけどな。ダメ？」

　それってやっぱり、私とやらしいことしたいって……そういうことだよね？

　初めてでもないし、いい歳をして情けないとは思うけど、こんな時どうすればいいのかよくわからない。

　夏樹と最初にした時、私は夏樹が好きだったたし、夏樹は私に迷う隙も与えなかった。その後もそれは変わらなかった。

　恵介とした時はかなり酔っていたからその勢いに流されたけれど、今は一滴もお酒を飲んでいないし、緊張して体が強ばる。

　恵介のことは嫌いじゃない。だけどまだ身を委ねられるほど好きではないと思うし、私の心の中には今も間違いなく夏樹がいる。

　何も答えられないまま身を固くしてうつむいていると、恵介がまた小さくため息をついて私の頬に軽くキスをした。

「やっぱ今のなし。幸がいやがることはしないから、そんなに怖がらないで」

「……ごめん」

「謝らなくていいって。だけどもう少しだけ、こうさせて」

「うん」

恵介は私を包み込むように抱きしめて、肩口に顎を乗せた。

「幸とこうしてるだけで俺は結構幸せ。こんな気持ちになるの初めてだ」

「こんな気持ちって……」

「うーん……心があったかくなるっていうか、満たされるっていうか……。それだけじゃなくて、もっとこう……なんだろ、うまく言えないんだけど」

「落ち着くの？」

「それもあるな。すごく心地いい。幸は？」

「ちょっと緊張する……」

「イヤじゃない？」

「うん……イヤじゃない……けど、恥ずかしい」

「良かった。これで安心して幸を抱きしめられる」

「恥ずかしいって言ったのに……」

私はきっと、慣れない状況に戸惑って、緊張しているだけだと思う。

恵介のことがイヤなんじゃない。だけど本気で好きになるのは怖い。

琴音がよりを戻したいと言っても断ると恵介は言ったけれど、私は女として琴音に勝てる自信がない。実際、夏樹だって私より琴音を選んだんだから。

「幸……今日、つらかった？」

「……なんで？」

「ちょっと元気ないし……それに、あのチョコ」

「チョコ？」

「お土産の安いマカダミアナッツチョコじゃないとか、苦い思い出を噛みしめなくてもいいようにとか言ってたし……。それに幸の性格からして、普段はあんな高いもの、自分だけのために買わないよね？」

　私のことなんかまだよく知らないはずなのに、恵介にはなんでもお見通しらしい。

　琴音が新婚旅行のお土産にマカダミアナッツチョコを買ってきたことや、職場でのろけまくっていたことにも気付いているんだろう。

「恵介って、やな男だね」

「俺が？　なんで？」

「なんにも話してないのに見透かされたんじゃ、隠し事のひとつもできない」

　私がそう言うと、恵介はニヤッと笑った。

「俺、結構鋭いからね。ちょっとした変化にもすぐ気付く。浮気なんかしたら黙ってても俺にはすぐバレるからな」

　なるほど、その鋭さで琴音の度重なる浮気にもすぐ気付いたんだ。だから琴音は恵介に気付かれないうちに急いで夏樹と結婚したのかも。

「そんなことしないよ……って言うか、私は琴音と違ってモテないからね。浮気なんかしたくてもできないんだけど」

冗談めかして言っても、やっぱり卑屈な言葉ばかりがこぼれてしまう。

ドラマみたいに波乱に満ちた恋とか、スリルに身を焦がすような激しい恋とか、シンデレラストーリーみたいな甘い恋じゃなくていい。

どこにでも転がっていそうなありふれた恋でいいから、私はただ、愛する人に愛されて穏やかに暮らしたい。

それだけなんだけどな。

夏樹に好きになってもらえなかったのは仕方ないとしても、別の人と幸せそうにしている姿を見せられたり聞かされたりするのは、正直つらい。

昼間に耳にした、幸せそうに新婚旅行の話をする琴音の笑い声を思い出して、目の前がじわりとぼやけた。泣いてもどうにもならないのに、涙が溢れてこぼれ落ちる。

「幸……？」

恵介が心配そうに私の顔を覗き込んだ。

「なんでもない！」

慌てて涙を拭おうとすると、恵介は膝の上で私を横抱きにしてギュッと抱きしめた。

「俺は幸の思ってること、もっと知りたい。無理して隠さないで話してよ。いくらでも付き合うから」

恵介は優しい。お互いの目的を果たしてしまえばきっと離れていくとわかっているのに、こんなに優しくされたら勘違いしてしまいそうだ。

だけど今だけは、嘘でもいいから、恵介の優しさに溺れたいと思う弱い私がいる。

「二人であんなところに行ったとか、夏樹にこんなことしてもらったとか、聞きたくもないのに散々のろけ話聞かされてさ……。なんでこんな目にあうんだろう？　一体私が何したっていうんだろうねぇ……」

恵介は文句も言わず、泣きながら愚痴を吐き出すみっともない私を抱きしめて、優しく頭を撫でてくれた。

「私は夏樹と一緒にいられたら……それだけで良かったのに」

「……そっか、俺もだ」

恵介も本当は今でも琴音が好きで、優しくしてくれるのは、同じ立場の私をほうっておけないからなのかもしれない。

恵介の優しさに慣れて溺れてしまわないように、指先で涙を拭って顔を上げた。

「ありがと、恵介。つまんない愚痴に付き合わせてごめん。おかげで少しスッキリした」

「なんだ、もういいの？」

「うん。付き合ってくれたお礼に、高級チョコ食べさせてあげる」

「口移しで？」

「それはしない」

もう一度コーヒーを淹れた。今度は苦すぎない、ちゃんとしたコーヒーを。

テーブルの上で箱を開けると、チョコの甘い香りがコーヒーの香りと混じり合った。

「いい香り。どれも綺麗で美味しそうだね。恵介、どれ食べたい？」

「迷うな。幸が選んでよ」

見た目だけで適当に選んだから、どれがなんの味とか、中に何が入っているとかは覚えていない。

だけど琴音が新婚旅行のお土産に買ってきたマカダミアナッツチョコよりは、間違いなく数十倍は美味しいはずだ。

「じゃあ……これかな？」

オレンジのジュレの上にオレンジピールが添えられたチョコを指先でつまんで、恵介の口元に運んだ。

「はい。口開けて」

「そこは〝アーン〟じゃないの？」

意外と甘えん坊なんだな。いい歳して〝アーン〟は恥ずかしいでしょ。

「……口開けて。早くしないと体温で溶ける」

「……まぁいいか」

恵介が口を開けて、私の手からチョコを食べた。柄にもなく恋人っぽいことしているなと思うと、なんだか無性に照れくさい。

「美味しい？」

「美味しいよ。味見する？」

「え？　味見って……」

もう食べたのに味見なんてできるわけないでしょ？　と言うより早く、恵介が私の唇を塞いだ。

唇をこじ開けて入ってきた恵介の甘い舌が、味わえと言わんばかりに私の舌を絡め取る。文字通りの甘いキスにクラクラした。

恵介って、なんの恥ずかしげもなくこういうことしちゃう人なんだ。

私には刺激が強すぎる……!!

チョコの味がしなくなるほど長いキスの後、恵介は意地悪く笑いながら、私の唇の端についたチョコを指先で拭った。

「美味しかった？」

「バカ……。やっぱりもうあげない！」

「俺はチョコより幸とキスする方がいいな。もっとする？」

「……しません」

最初はもっとクールな人だと思ってたのに、知れば知るほど激甘だ。チョコの甘い香りと、恵介の刺激的な甘さに酔ってしまいそうな気がした。

二日後の夕方。仕事帰りの恵介と駅前で待ち合わせて百貨店に足を運んだ。

ここでも恵介は当たり前のように手を繋いで指を絡めて歩く。他のカップルもそうして歩いているのを見ると、世間ではこれが当たり前なんだろうか。

「好きなブランドとかある？」

「ブランドにはこだわらない……っていうか、あまりよく知らない」

「幸らしいな」

私は同世代の女性に比べて流行りやブランドには疎いと思うし、普段は百貨店で買い物なんかしない。たとえデザインが気に入っても、値札を見ると卒倒しそうになるから。

それを考えると、値札も見ずにバレッタを買ったことは、私にとってかなりの冒険だったんだとつくづく思う。

「あっ、これなんかいいんじゃないか？」

恵介は深いピンク色のシュシュを手にとって私の髪にあてがった。

洋服にしろ髪飾りにしろ、ピンク色の物は自分ではあまり選ばない。私が選ぶのは、ベージュとかグレーとか、黒とか紺とか白とか、とにかく地味で無難な色ばかりだ。

「うん、思った通りよく似合う」

「派手じゃない？」

「そんなことないよ、落ち着いた色だから。大人の女性って感じがする。めっちゃ仕事できそう」

シュシュひとつでそこまで想像する？

仕事に関しては真面目にやってきたから他の同期よりも早く役職に就いたけれど、自分では仕事ができるとは思っていない。

どうすればお客様にとって幸せな結婚式の思い出を残せるのかを必死で考えているだけ。その分お客様に提示するプランを作るには時間も掛かるし、多少の無理は否めない。

それでも紆余曲折（うよきょくせつ）の末に、挙式を終えたお客様に幸せそうな顔で『ありがとう』とお礼を言われると、その疲れも一気に吹き飛んで幸せな気持ちになる。

夏樹と琴音の結婚式のプランを作るにはかなり神経を削ったけれど、これも仕事だと思うとなんとか乗りきれた。

同期の半数以上が既に退職して、その何割かが寿退職だったことを考えると、私が役職に就けたのは当分結婚しなさそうだからなのかもしれない。

あとは名前が独り歩きして、式場利用者の紹介がやけに多いという理由くらいしか思い浮かばない。

「こんなのもいいなぁ」

恵介は淡い紫色のフワフワしたリボンを手に取った。

紫色はハードル高すぎやしないかな？　中学の運動会で使ったクラ

スカラーのハチマキ以来だと思う。

「おお、かなりいい」

「嘘だぁ……」

「ホント。見てみな、よく似合うから」

恵介はリボンを私の髪にあてがって、ショーケースの上にあった鏡をこちらに向けた。

「あ……思ったより派手じゃないかも」

「だろ？　幸は自分の枠を狭めすぎなんだよ。もっと広げていこう。幸が気後れして選ばなかっただけで、割となんでも似合うよ」

たしかにこんな色は自分では選ばなかったし、地味な私には似合わないと決めつけて、手に取ったこともなかった。

色味が増すことで、不思議とウキウキした気分になる。

「恵介がそう言うなら、ちょっとだけ新しい物に挑戦してみようかな？」

「そうしな。変化した自分を受け入れると、どんどんいい女になるから」

いい女って……。そこにたどり着くには、相当長い道のりだと思う。

恵介が選んでくれたピンクのシュシュと、紫色のリボンを持ってレジに向かった。

そういえば値札見てなかったな。こういうところで買うと、髪飾りひとつで何千円もしたりする。

贅沢（ぜいたく）だと思わなくもないけれど、たまには自分に投資するのも悪くはないか。その分、大切に長く使おう。

レジを通すと、やはり小市民な私には高いと思う値段だった。

いやいや、今日は思いきって買い物するって決めたんだ。これくらいで怯んではいけない。

財布を出そうとすると、それより早く恵介がカードで会計を済ませてしまった。恵介は何食わぬ顔で伝票にサインをして、買った商品の入った紙袋を受け取った。

「恵介……！　私、自分で払うつもりだったのに！」

「いいって。これは俺からのプレゼントってことで」

誕生日でもないし、私には恵介からプレゼントをされる理由はない。そこらの百均で買った安物とはわけが違う。

「こんな高いもの、理由もないのにもらえないよ」

「理由は俺が幸に付けて欲しかったから。それでいいじゃん」

「えーっ……そんなの理由にならないよ……」

「いいから。じゃあ、後でお礼ちょうだい」

お礼って、レストランで食事とか？　それとも恵介にも何か買ってお返しした方がいい？

なんにせよ、厚意を無下に断るのは逆に失礼だし申し訳ない。恵介の気持ちは嬉しいし、ここは素直に受け取っておくことにしよう。

「……ありがとう。お礼は何がいい？」

「後で言うよ」

今言ってくれないと、何を買えばいいかわからない。

もしかして私に気を遣ってる？　変な気を遣わなくてもお金ならそれなりに蓄えている
し、結婚とか海外旅行とか、まとまったお金を遣う予定もないのに。


喫煙室の前を通り掛かった時、恵介が立ち止まった。

「タバコ吸ってきていい？」

「うん。そこのベンチに座って待ってる」

一人でベンチに座ってぼんやりしていると、ＯＬ風の女子二人組が話しながら歩いてき
て私の前を通り掛かった。

「さっき富永さんが女の人と歩いてたんだけど！　しかも手繋いでた」

「えっ、嘘!?　あの富永さんがそんなことするの？」

〝富永さん〟の言葉に反応して、思わず聞き耳を立てた。

もしかしたら恵介と同じ会社の人なのかもしれない。私と手を繋いで歩いているのを見
られたの、まずかったかな？

「彼女かな？」

「どうだろ？　また取引先の社長の娘とか？」

「それにしてはずいぶん地味な人だった。富永さんには不釣り合いっていうか」

「じゃあ彼女じゃないな。富永さんの彼女、すごい美人なんだって」

地味な人って……それ、私のことだよね？　顔を見ても覚えられずに素通りするほど、私は地味ってことか。

不釣り合いなのは私が一番よくわかっている。

心配しなくても、あなたたちの大好きな富永さんは、私のことなんか本気で好きじゃないですよ。

走って追い掛けて、そう言ってやろうかしら。

彼女たちの後ろ姿を眺めながらそんなことを考えていると、恵介が喫煙室から出てきて、こちらに向かっているのが見えた。

恵介はその途中で彼女たちに声を掛けられ、何か話している。あの地味な女は何者だとか聞かれてたりして。

外で会うってことは、一緒にいるところをいつ誰に見られるかわからないってことだ。せめて恵介に恥をかかせないように、もっとおしゃれしてしっかり化粧して来れば良かったな。

彼女たちと別れた恵介が私の方へと足早に戻ってきた。

「ごめん、ちょっとそこで知り合いに捕まって」

「うん。二人とも綺麗な子だったね」

「そうか？」

恵介はあの二人にはあまり興味がなさそうだ。美人は見慣れてるから、ちょっとくらいでは綺麗だと思わないのかも。

「じゃあ……次は化粧品売り場だな」

「化粧品？」

「俺の会社の売り場に行こ。ここの店の店長はよく知ってるし、いろいろ頼りになるから」

そういえば恵介は、大手の化粧品メーカーに勤めていると言っていた。化粧品にこだわりがあるわけじゃないし、これを機に恵介の会社の化粧品に変えてみようかな。

恵介は化粧品売り場の中でも際立って大きなブースへと私の手を引いて歩く。

恵介の勤め先のメーカーって……よりによって超高級な化粧品メーカーじゃないか!!

基礎化粧品を一式揃（そろ）えるだけでも大変な金額になるに違いない。化粧品は毎日使う物だし、給料の何割を化粧品代に費やすことになるんだろう？

背中を変な汗が伝っていく。そんなことも露知らず、恵介は店長らしき綺麗な女性と楽しそうに話している。

「あら、富永さん！　お疲れ様です」

「売り上げはどう？」

「昨日は良かったんですけど、今日はいまいちですねぇ」

「そうか。じゃあ売り上げに貢献するかな。彼女にメイクしてあげてくれる？」

その女性は私の方を見てにこやかに笑った。

なんて綺麗な人なの⁉　笑顔が眩しい……‼

「いらっしゃいませ。店長の城垣です」

「はじめまして……福多です……」

同じ女性であることが恥ずかしくなるような、いっそ穴を掘って消えてしまいたくなるような妙な羞恥心に駆られ、無意識に後ずさりしてしまう。

「幸、そんなに緊張しないで。彼女は俺の同期でね。メイクの腕も抜群だから」

「同期だけど私は富永さんより二つ歳下なんです」

「そうなのですね……」

動揺がまた妙な言葉になってしまう。

恵介はおかしそうに笑いを噛み殺した。

「幸に似合う落ち着いた感じのメイクをしてもらおう。幸、ちゃんとしたメイクなんかしたことないだろ？」

「ないね……」

「そういうことだからよろしく」

「はい、お任せください」

店長は私をブースの奥のメイクアップスペースに案内してくれた。

恵介は店長の代わりに店番をしているらしい。他の美容部員が浮き足立って恵介に話し掛けている声が聞こえる。

少し潜めた声で、もしかして彼女さんですか、と誰かが尋ねた。恵介の返事は聞こえない。

その直後、いらっしゃいませ、と接客を始める美容部員の声がした。

まぁ……言えないよね、彼女なんて。

「すみません、うちのスタッフ富永さんのプライベートに興味津々で。どうぞ、こちらにお掛けになってください」

「はぁ……」

状況がよくわからないまま自前のメイクを落とされ、頬に何やら機械を当てられる。

「福多さん、おいくつですか?」

「二十八です。もうすぐ二十九になります」

「あら、私もです!」

ということは、恵介は三十か三十一だ。よく考えると歳も知らなかった。

「それにしてもお肌綺麗ですねぇ。水分量と油分のバランスが絶妙です! キメも細かいし、肌年齢ものすごくお若いですよ。二十一歳です!」

「それはどうも……痛み入ります……」

もうじき三十路を迎える私の肌は、ピチピチの二十歳(はたち)過ぎ並みの若さらしい。

普通に安い洗顔料で顔を洗って、安い化粧水と美容液を付けて、たいした手入れもしたことないんだけどな。いつも薄化粧だから？

数少ない私の取り柄がひとつ増えたようで、ちょっと嬉しい。

店長は私の肌に高級な化粧水と美容液を付けて下地を作る。

「眉も少し整えておきますね」

「ありがとうございます……」

人に化粧をされるのは慣れていなくて、なんだかくすぐったい。最初こそかなり緊張していたけれど、店長の明るく気さくな人柄のおかげでだんだん緊張もほぐれてきた。

「福多さんは派手なメイクより、素顔を引き立てるナチュラルなメイクがお似合いになりますね」

なんだかよくわからないけれど、私には派手な化粧が似合わないらしい。だったら五分で済むいつものメイクで良くない？

「それは顔が地味ってことですか？」

「とんでもない！　化粧映えのするお顔立ちなんですよ。だからやりすぎると派手なお顔になってしまうんです」

化粧映えのする顔立ちって何？　地味ってことじゃないの？

「もちろんハッキリしたメイクをしてもお綺麗だとは思いますけど、ナチュラルメイクが福多さんの良さを一番引き立てるんです。羨ましいですね。でもパーティーなんかの時は、普段より少しだけハッキリしたメイクをされると華やかでいいですよ」

店長が私のことをけなしているとは思えない。むしろ誉めてくれているようだ。

まぁいいか。とりあえずここはお任せしておこう。


「富永さん、お待たせしました。どうぞ、こちらにいらしてください」

店長に声を掛けられた恵介がメイクアップスペースに入ってきた。

「幸、隠れてると顔が見えないよ?」

「そうなんだけど、なんか……」

店長の後ろで口ごもっていると、恵介が私の腕を容赦なく引っ張った。店長の陰から明るい場所にさらされた私を、恵介は満足そうに眺めている。

「思った通りだ。めちゃくちゃ可愛い」

「ですよね！　福多さんは素晴らしい素材をお持ちなのに、普段は化粧らしい化粧をしないって仰るんですよ！　勿体(もったい)ないです!!」

店長は興奮気味にそう言って、踊り出しそうな勢いで私にスマホを向けた。

「私の最高傑作です！　お写真一枚よろしいですか?」

「よ……よろしいでしょう……」

「ありがとうございます！」

一枚と言ったくせに、店長は何枚も私の写真を撮った。

恥ずかしいから、もう勘弁してください!!

そう言いたいのは山々だけど、店長のあまりのテンションの高さに圧倒されて、私はなすがままになっている。

「店長、もうそれくらいで勘弁してあげて。彼女、固まってる」

恵介が苦笑いしながら助け船を出した。

「あら、ごめんなさい。つい夢中になってしまいました。せっかくだからお二人で一枚いかがです？」

ホントに一枚で済むの？　さっきあなた、一枚と言いながら二十枚は撮りましたよね？

「あ、それは嬉しいなぁ。まだ一緒に写真撮ったことなかったんだ。撮ってくれる？」

撮るのかよ！　と突っ込みを入れたい衝動をなんとか堪え、カメラの前で恵介と肩を並べた。

思った通り一枚で済むはずもなく、もっと笑ってとか寄り添ってと言われたり、恵介に肩を抱き寄せられたりしながら、少なくとも十枚は撮られたと思う。

一気に疲れた……。

写真撮影を終えた私が力なく椅子に座り込んでいる間に、恵介は店長と何やら話をして、紙袋を手に私の方を見た。

「幸、大丈夫？　そろそろ腹減ったし、どこかで食事でもしようか」

「うん……」

店長に見送られて化粧品売り場を後にした。恵介は重そうな紙袋を手に、反対の手で私の手を引いて歩く。

「恵介、その紙袋の中身は……？」

「化粧品だけど？」

やっぱりか……!!

「それ……高かったでしょ？　自分で払うから、ちゃんと請求してね」

「いいって。俺が勝手にしたことだし、社員割引で買ったから普通よりは安かったよ」

「でも……」

「言っただろ？　お礼は後で」

一体どんな無茶なお礼を要求されるんだ……？　とてつもなく怖い。

「それより腹減った。何食べたい？」

「私はなんでも……。白飯さえあれば」

「白飯？　御飯が好き？」

「うん」

「よし、じゃあ御飯の美味しい店に行こう」

恵介は楽しそうに笑って、私の手を引いてどんどん進む。その笑顔を見ていると、私までなんだか楽しくなる。

「御飯の美味しい店って、和食のお店？」

「そう。和食は好き?」

「うん、和食大好き」

「それ、俺に言ってくれないかな?」

「……?　和食大好き」

「和食ね」

恵介が小さく苦笑いをした。

私、何かおかしなこと言ったっけ?　そしてなぜ二度言わせた?

恵介も洋食より和食が好きなのかな?

突然、恵介が繋いでいた手を離して胸の辺りを押さえた。

「どうしたの?」

「仕事の電話だ。ちょっとそこで座って待ってて」

恵介は立ち止まり、ジャケットの内ポケットから携帯電話を取り出して電話に出た。

私は通路の反対側にあるベンチに座って、通り過ぎる人越しに恵介を眺めた。

恵介はポケットから手帳を出して何かを調べ、真剣な顔をして話している。

こうやって改めて見ると、恵介は結構目立つ。

眼鏡が知的に見えて男前だし、全体的にバランスが取れたスタイルで背も高く、手足が長くてスーツが似合う。

今更だけど、こんな見映えのする人と手を繋いで歩くのは気後れする。やっぱり少しくらいはおしゃれしてくれば良かったな。

電話を終えた恵介が携帯電話をポケットにしまってこちらに歩いてくる途中で、女の人が恵介に手を振りながら近付いてきた。

また知り合いかな？　こちらも綺麗な人だ。会話は聞き取れないけれど、彼女は恵介の手を握って色っぽい視線を送っている。

さっきも同じ会社の女子たちが噂していたし、やっぱりモテるんだな。

周りには好意を寄せてくれる綺麗な人がたくさんいるのに、恵介が今私と一緒にいるのは、私への同情とか琴音へのちょっとした当て付けとか、せいぜいそんなものだろう。

こんな私が恵介の彼女だなんておこがましい。

それらしく振る舞ってはいるけれど、恵介は私が好きだから付き合っているんじゃない。いくら恵介の隣が心地よくても、それだけは忘れないようにしないと。

美人からのお誘いをお断りさせるのも申し訳ないし、目的の髪飾りは買ってもらったから、このままもう帰ろうかな。

ベンチから立ち上がると、恵介と目が合った。帰るね、と声には出さず口の動きだけで伝え、小さく手を振って歩き出した。

恵介だって地味な私なんかより、色気のある美人と一緒にいた方が楽しいに決まってる。

駅に向かって人混みの中を歩いていると、後ろから腕を掴まれた。

「幸、ちょっと待て！」

　振り返ると恵介が険しい顔をして息を切らしていた。

「恵介……なんで？」

「なんで？　って聞きたいのはこっちだろ！　待ってててって言ったのに、なんで勝手に帰ろうとしてんだよ！」

「さっきの人といい感じだったし、お誘いがあったみたいだから、邪魔しちゃ悪いかなって。……綺麗な人だったし」

「はぁ……」

　恵介は呆れた顔をして大きなため息をついた。

「何だそれ……。一緒に飯食いに行こうって言ったじゃん」

「そうだけど……私なんかと御飯食べるより、色っぽい美人と夜景の綺麗なホテルのディナーとか行った方が楽しいでしょ」

「行くか、そんなもん！　バカじゃねぇの⁉　それより俺は、幸と美味しい白飯食べに行きたいの！」

「和食の方が好きだから？」

「あーもう……！　じゃあそれでいいよ、とにかく行くぞ！」

　恵介が私の手を引いて歩き出した。

「あの……手、離してくれる？」

「イヤだ、離したらまたどっか行くつもりだろ。絶対離さん！」

なんのためらいもなく手を繋いでくれるから、恵介は綺麗な人より私と一緒にいたかったんだなんて、ほんの少し自惚れてしまいそうになった。


御飯が美味しい店だと言うから、てっきり落ち着いた雰囲気の和食専門店だと思っていたのに、恵介が連れていってくれたお店は、活気のみなぎる和食居酒屋だった。

意外だなと思いながら料理を口にすると、驚くほど美味しかった。

「幸、明日の朝は出勤早い？」

「ううん。十時に出勤して、閉館まで仕事」

恵介は少し笑ってドリンクメニューを手に取った。

「じゃあ、お酒頼もうか。ここ、うまい酒置いてるよ。日本酒は大丈夫？」

「うん。たまにしか飲まないけど、日本酒って美味しいよね」

「よし、今夜は酔わせちゃおう」

酔わせちゃおう、って……何？　また酔った勢いで私をどうにかしようって？

ダメだ、日本酒の酔いをセーブできる自信がない。

「やっぱりやめとく……。冷たい緑茶ください」

「えっ、飲まないの？」

「飲まないの。酔うと自分がどうなるかわからないから」

「そんなに酔うほど飲まなくても……。じゃあ一杯だけ、一緒に飲もう？」

一杯だけなら大丈夫かな……？

「ホントに一杯だけだよ？」

「うん、一杯だけ」

恵介は店員を呼んで、メニューを見ながら珍しい地酒を注文した。

きっとお酒が大好きなんだな。初めて二人で飲んだ時に、かなりの酒豪だと思った記憶がある。

二人で一緒にお酒を飲むのはあの時以来だ。今日はあの時みたいにベロベロになるまで飲まないと固く心に誓って、運ばれてきた日本酒に口をつけた。

……はずだったのに。

久しぶりに飲んだ日本酒の美味しさに負けて、ついついおかわりを頼んでしまった。

これ何杯目だっけ？　よく覚えてないけれど、ふわふわして楽しくて、かなりいい気分だ。

「一杯だけって言ったのは誰だっけ？　そんなに飲んで大丈夫か？」

「大丈夫だよー。酔っ払うほどは飲んでないもん」

「でも日本酒だから一気に来るぞ。そろそろお茶でも頼もうか」

恵介は私の手からお酒のグラスを取り上げた。

「やだぁ、返して。まだ飲むの」

恵介からグラスを奪い返してお酒を勢いよく飲んだ。

「あっ、コラ！　水じゃないんだから!!」

恵介は慌てて止めようとしたけれど、私は言うことを聞かず残っていたお酒を一気に飲み干した。

「うふふー、美味しーい」

さっきから緩みっぱなしの顔の筋肉が更に緩んで、心なしかまぶたが重い。

きっと私は今、とんでもなくだらしない顔をして笑ってるんだろうなと思うと、自分で自分がおかしくてカッコ悪くて、思わず笑ってしまった。

「まったくもう……。酔い潰れても知らないからな？」

「平気だよー、恵介が送ってくれるもん。だからおかわりぃ」

「俺が送るから平気って……。男として傷付くわ」

からになったグラスを突き付けると、恵介は呆れ顔でグラスを受け取った。

呆れてるっていうか困ってる？

もうちょっと困らせてやりたいなんて、完全に酔いの回った頭で柄にもないことを思ったりする。

「前も思ったけど、幸ってお酒飲むとちょっと人格変わる？　ってか、意外と酒癖悪い？」

「酒癖悪いなんて失礼な……。ちょっと陽気になるだけでしょー？」

「はいはい、そうだね。でもお酒はもうおしまい。意識なくなる前に帰るよ」

「恵介が飲ませたくせにぃ……」


居酒屋を出て、恵介に手を引かれながらふらつく足取りで歩いた。

「幸、フラフラだな」

「ちゃんと歩いてるでしょー？」

「はいはい、歩いてますよ。でもフラフラだから早いとこタクシー捕まえよう」

恵介は立ち止まって、足元のおぼつかない私を支えながら空車のタクシーを待つ。

私は重いまぶたがくっつかないように必死で堪えながら、流れていく車のライトをぼんやりと眺めた。

夏樹とはこんなことなかったな。たまに私の部屋で一緒にお酒を飲んでもこんなに酔ったことはなかったし、酔い潰れて介抱してもらった記憶もない。

わがままを言ったこともなかったし、それどころか本音を語ったこともなかったような気がする。

長い間一緒にいたはずなのに、夏樹の前では自分の弱さとかダメな部分をさらけ出せなかった。呆れられて嫌われるのが怖かったから、ものわかりのいい女のふりをしていた。

恵介と付き合いだして、私は本当は、夏樹にもこんな風にしてもらいたかったんだと気付いた。

今更気付いたって遅いのに。

体を優しく揺すられてまぶたを開いた時には、マンションの前に停車したタクシーの中だった。

「幸、着いたよ」

ぼんやりした頭で、いつの間にタクシーに乗ったんだっけと考える。どうやら私は、タクシーのシートで恵介にもたれて眠っていたらしい。

「はい、つかまって。降りられる？」

「うん……」

恵介の手を借りてタクシーから降りた。まだ足元がふらついている。

そんなに飲んだっけ？　二杯目までは覚えてるんだけど。

「幸は酒弱いんだな。あれくらいでこんなに酔うとは思わなかった」

「私、何杯飲んだ？」

「三杯」

私は元々そんなにお酒が強い方じゃないから、あんな風に早いペースで日本酒を三杯も飲んだら酔っ払って当然だ。

これからは飲みすぎないように気を付けよう。

「ごめん……また迷惑掛けちゃったね」

「いいよ、これくらいどうってことない」

ホントに優しいな、恵介は。世話焼きの恵介のことだから、これまでもこんな風に、たくさんの女の子を介抱したり送ったりしてきたんだろう。

エレベーターの中で、恵介が小さく「あっ」と声をあげた。

「どうしたの?」

「思ったより早く幸が酔ったから、美味しい白飯食べてない」

「そうだっけ……。でもお料理はどれも美味しかったよ」

「だろ?　また行こう。でもお酒は控えめにしような」

「うん」

恵介は私をお気に入りの店に連れていってくれて、こんなに酔って迷惑を掛けても、また行こうと言ってくれる。もし隣にいるのが夏樹だったら、そんな風には言ってくれなかっただろう。

恵介が当たり前のように私にしてくれることは、私にとっては当たり前のことじゃない。夏樹が私にしてくれなかったことを恵介がしてくれるたびに、どうして恵介はこんなに優しくしてくれるんだろうと思う。

夏樹の代わりなんて、恵介には無理だよ。恵介は優しすぎるから。

4　一緒にいる理由

鍵を開けて部屋に入ると、恵介は私をベッドに座らせて優しく頭を撫(な)でた。

「気分悪くないか？」

「大丈夫」

「とりあえず水分補給だな」

まだ付き合ってから日が浅いのに、すっかり勝手知ったる人の家だ。恵介は手に持っていた荷物をテーブルの上に置いて、冷蔵庫から取り出したミネラルウォーターをふたつのグラスに注ぎ、ひとつを私に手渡した。

「ほら、飲んで」

「ありがとう」

私がグラスを受け取って水を飲み始めると、恵介も隣に腰掛けて水を飲んだ。

きっとなんでもないことなんだけど、恵介がそうしてくれるのがあまりに自然だったから、ずっと前から一緒にいたような気がしてしまう。

「水、もっと飲む？」

恵介はからになったグラスを私の手から取ってシンクに運び、紙袋を持って戻ってくると、百貨店で買った髪飾りを取り出して私に見せた。

「幸、明日はどっちにする？」

「明日？」

「あ、やっぱダメだ。明日は幸が帰り遅くなるし、明後日も俺が遅くなる。土日は？」

「土日は両方とも、私が担当してるカップルの挙式が夕方から入ってるから、遅くなるよ」

帰りが遅くなることと髪飾り、何か関係あるのかな？

「次の休みはいつ？」

「月曜日」

「じゃあ月曜日にお礼してよ」

「お礼？　何すればいい？」

恵介は紫色のリボンを私に差し出した。

リボンでどうお礼しろと？

私がリボンを受け取りながら首をかしげると、恵介はニコッと笑った。

「俺のためにこれつけて見せて」

俺のためにって……。なんでこんな照れくさいことをさらっと言えちゃうんだろう。

私がちょっとくらいおしゃれをしたところで、見て楽しめるような代物ではないはずだし、そんなものはお礼になんてならないと思う。

それでも〝自分を否定するようなことは言っちゃダメ〟と恵介に言われたことを思い出して、私なんか……という言葉を飲み込んだ。

「お礼にしては安すぎない？　それにリボンくらいなら今でもつけられるけど……」

「そうじゃなくってさ。月曜日にこのリボンつけて、俺の仕事が終わる頃に会社まで迎えに来てくれる？　それからスーパーで一緒に買い物して、夕飯に俺の好きなもの作って」

その一連の流れがお礼ってことか。

なんだか新婚さんみたいだ。恵介、結婚に憧れてるのかな？

それともじつは、琴音にそんな風にしてもらいたかったとか？

「もしかして……恵介、そういうことしてみたかったの？」

「うん、そういうの憧れてたんだ」

なるほど、琴音だけでなく今まで付き合ってきた女の子は、そんなことしてくれなかったんだな。

そんな憧れのシチュエーションなのに、彼女役が地味な私じゃ物足りなくない？

「せっかくなら、もっと綺麗(きれい)な人にしてもらえばいいのに」

「それじゃ意味ないよ。俺は幸にそうしてもらうのが嬉(うれ)しいんだ」

嬉しいって……なんで？

でも恵介の気持ちはなんとなくわかる。私も夏樹がしてくれなかったことを恵介にしてもらって嬉しかったから。

「じゃあ、私で良ければ。恵介の好きなものって何？」

「迷うなぁ。鶏の唐揚げとかカレーライスとか……肉じゃがも捨てがたいし、エビフライも好き」

ビックリするくらい普通の家庭料理ばかりだ。難しい料理を作れと言われるより助かるけれど、きっとそれくらいの料理なら、自分で簡単に作れるだろうに。

それでも作ってもらうと嬉しいとか、意外と可愛いところあるんだな。

「簡単な料理ばっかりで私は助かるけど、そんなんでいいの？」

「いいの、幸が作ってくれたら」

「ふーん……」

こういうことも言ってみたかったんだろうか？

ラブラブで激甘なカップルに憧れてるとか？　だから私にも甘いことばかり言うのかな。

そんなことを考えていると、恵介が真面目な顔をして私の手を握り、ベッドに押し倒した。射貫くような眼差しに捕らわれて、戸惑っているのに目をそらせない。

「それと……幸が欲しい」

「……え？」

それってつまり……そういうこと……？

もう酔いはかなり醒めた。

この前は何も考えずに酔った勢いでしてしまったけれど、恵介は私がその気になるまで気長に待つとか、無理をさせる気はないとか言わなかったっけ？

緊張でひきつっているであろう私の顔を見て、恵介が堪えきれず笑いだした。

「なんてな、冗談だよ。そういうことも言ってみたかったんだ」

なんだ……冗談か……。あんな真剣な顔でそんなこと言うから、てっきり本気なのかと思っちゃったじゃないか！　かなりの役者だ。

恵介は私を抱き起こして、ポンポンと優しく頭を叩いた。

「ビックリさせないでよ……」

「ごめんって。さて、明日も仕事だし、もう遅いからそろそろ帰るよ。明日、会社の場所の地図とか会社出る時間とか送る」

「わかった」

恵介は立ち上がって私の手を引いたまま玄関に向かい、靴を履いてクルリと振り返った。

「そうだ。化粧品、良かったら使って。今日してもらったメイクに使ったのと同じものと、メイクの仕方が載ってる冊子も入ってるから」

あんな高級な化粧品のお礼が、お迎えとかスーパーで一緒に買い物して夕飯を作るだけなんて、やっぱりどう考えても釣り合わない。

「高いのに……ホントにいいの？」

「いいんだ、あの化粧品で幸がこんなに綺麗になるんだから、安いもんだよ」

すごいプレッシャーだ。自分で化粧しても、店長がしてくれたのと同じようにはならない気がする。

「恵介だって、連れて歩くならやっぱり少しでも美人の方がいいよね。これからは頑張って化粧するよ」

「そうじゃなくて、幸が少しでも自分に自信が持てるといいなぁって、そう思っただけ。俺はそのままの幸で全然いいんだけど」

「うぅ……またそんなこと言って……」

そんなことを言われたら、冗談だとわかっていても嬉しい。嬉しいのと照れくさいのがいっぺんに押し寄せて、一気に顔が熱くなった。

せっかく醒めてきた酔いが、また回ってしまいそうだ。

「幸、顔真っ赤。また照れてる？」

「そんなこと言われたら、誰だって照れると思う……」

「そうか？　じゃあこれからどんどん言おう」

恵介は楽しそうに笑いながら私を抱きしめた。その温もりが心地よくて、思わず恵介の胸に頬をすり寄せた。

私、やっぱりまだ酔ってるのかな？　なんだか……もう少し一緒にいたい気分……。

「嬉しいな、珍しく甘えてくれるんだ。幸からおやすみのキスしてくれるともっと嬉しいんだけど」

おやすみのキスって……!!

しかも私から⁉ そんなのしたことないよ!!

また更に顔が熱くなる。

「は……恥ずかしいです……」

うつむいて答えると、恵介は顔を近付けてニヤッと笑った。

「恥ずかしい？ じゃあ、俺とキスするのがイヤってわけじゃないんだ」

「う……」

もう……なんでこんな恥ずかしいことばっかり言うかな。イヤじゃないから余計に困ってるのに……。

「幸、キスして？」

キスって……どうするんだっけ？ 私からする時は目を閉じなくていいの？

でもやっぱり目を開けたままはおかしいような気もするし、余計に恥ずかしいよね？

「やっぱり俺とキスするのはイヤ？」

うつむいたまま小さく首を横に振ると、恵介は少し笑って、そっと唇を重ねた。優しく唇を押し当てるだけの少し長いキスに、胸が甘い音をたてた。

「月曜日、楽しみにしてる」

「うん……」

「じゃあ、また明日。おやすみ」

「おやすみ……」

玄関先で恵介を見送った後も、胸の高鳴りはなかなか収まらなかった。

このまま心臓が暴走して息ができなくなってしまいそうな気がして、ベッドの上で仰向けに寝転がり、両手で胸の辺りを押さえて何度か深呼吸した。

「はぁ……まだドキドキしてるよ……」

思わず呟いた独り言は、私しかいない静かな部屋に思いのほか響き渡る。

恵介は帰り際に〝月曜日、楽しみにしてる〟と言った。

約束をしていなくても、恵介は仕事が終わると私の部屋にやって来るし、帰りが遅くなる日も、少しの時間しか会えなくても、気が付けば毎日欠かさず会っている。

恵介だって仕事で疲れているんだから、夕飯なら一人で済ませた方がラクなはずなのに、私が寂しくないようにわざわざ会いに来てくれてるのかな？

最近では私自身も、恵介と二人で夕飯を食べることが楽しみになっている。

妙ななりゆきで付き合い出して、きっと私が好きなわけでもないはずなのに、恵介はいつも私を目一杯甘やかして〝可愛い〟と言ったり、わざと意地悪をしたり、そうかと思えば〝自信を持て〟と励ましたりしてくれる。

一緒にいる時間が長くなるにつれ、いろんな表情や意外な一面が見られて楽しい。

恵介と一緒にいることがどんどん心地よくなって、抱きしめられることも、キスもイヤじゃなくて。

夏樹がいなくなって一人でいる寂しさをほんの少し埋めてもらうだけのつもりが、もっと一緒にいたいと思ったりドキドキしたりするなんて。

好きだと言われたわけでもないのに、恵介の存在はいつの間にか私の中でどんどん大きくなっていて、勘違いしてしまいそうで怖い。

恵介が私に付き合おうと言ったのは、夏樹と琴音にささやかな仕返しをするため。目一杯優しくして、甘い言葉を囁いて、愛されていると錯覚させて自信を持たせて、地味で消極的な私を少しでも綺麗にしたいんだと思う。

もし本当に私がそうなれたら、琴音ほどの美人とまではいかなくても、夏樹は私の変化に驚くだろうか。

だけど本音を言うと、私がどれだけ頑張って綺麗になったところで、今更どうにもならないと思う。

例え夏樹が琴音に嫌気がさしていたとしても、私と一緒にいたいから琴音とは離婚するなんて言わないだろう。もし万が一琴音と別れたとしても、イケメンの夏樹ならすぐに次の人が見つかるはずだし、きっと私のことなんて眼中にない。

それに仕事として割り切れば、自分が担当したカップルが別れてしまうのはいたたまれない。

今はもう夏樹に対して、また会いに来て欲しいとか一緒になりたいと思わないのは、いつの間にか夏樹が〝好きだった人〟になっているからだと気付いた。

もない。

この短期間でそんな風に思えるようになったのは、恵介がいてくれるからだと思う。

恵介は今の私にとって、夏樹の代わりでも、理想の彼氏を演じてくれるお人好しな人でもない。

弱っているときに優しくされて勘違いしているだけでもなく、私が恵介を好きになってしまったことは、自分の中でもうごまかしきれなくなっている。

だから恵介にも、琴音の代わりとしてではなく、私自身を見て、心も体も私のすべてを抱きしめて欲しい。

だけど私が正直にこんな気持ちを打ち明けても、恵介を困らせてしまうだけだろう。もしかしたら、〝約束が違う〟と言って、あっけなくこの関係を終わらせるだろうか。

夏樹の身代わりが要らなくなった今も〝こんな無駄なことはもうやめよう〟と私が言わないのは、恵介と一緒にいる理由が欲しいからなのかもしれない。

木曜日から日曜日までは仕事で帰りが遅くなり、いつも通り遅めの夕飯を一緒に食べるだけで終わった。土日は恵介が私に気を遣って、家で作ったおかずを持ってきてくれたりもした。

一緒に過ごせたのは一時間半ほどのほんの短い時間だったけれど、恵介に会えるとホッとした。そして帰り際には、もう少しゆっくり一緒にいられたらいいなと思った。

いつの間にか恵介と一緒に過ごすことが当たり前になっている。それを当たり前だと思えることは、なんだかちょっと幸せな気分だ。

約束の月曜日。午前中に家事を済ませ、今日は何を着ていこうかとクローゼットを開けた。

どれもこれも地味な服ばかりだ。新しい服なんてしばらく買っていない気がする。

少しでも綺麗に見える服はないかとクローゼットの奥を漁っていると、一度も着たことのない服が出てきた。

巴と一緒に買い物に行った時、たまにはこんな服を着てみたらどうかと選んでくれた服だ。色合いも明るめだし、胸元は開いているし、スカート丈が短い。

その時は試着をして鏡を見たら、たまにはこんなのもいいかと思ったから買ったけれど、家に帰ってよく見るとやっぱり私には似合わないような気がして、クローゼットの奥に封印していたんだった。

私の私服はロングのフレアースカートかパンツが多い。

制服は別として、脚に自信がないから普段は膝が見えるような丈の短いスカートは履かないし、屈むと胸が見えてしまいそうで恥ずかしいから、胸元の開いたトップスも着ない。

露出が多いのは恥ずかしいけれど、せっかく買ったんだし一度くらいは着てみようか。

恵介がこの服を着た私を見て似合わないと言ったら、もう着るのはやめておこう。

着て行く服が決まって、今度は化粧品を紙袋から取り出した。

こんな高いものは私にはもったいなくて、使うのを今日までためらっていた。でもせっかく恵介が買ってくれたんだから、思いきって今日から使ってみよう。

おそるおそる化粧品を箱から出してテーブルの上に並べてみる。

剝き出しのプラスチック容器で売られている安い化粧品と違って、上品な化粧箱も品質を保持するための重厚な瓶の容器も、ただならぬ高級感に溢れている。

普段あまり化粧らしい化粧もしないのに、いきなりうまくできるかな？　アイシャドーを手に取り、少し不安に思う。

紙袋には商品を初めて買った客に配布されていると思われる薄い冊子が入っていて、商品の紹介と共に上手な使い方が掲載され、メイク初心者の私にもわかりやすかった。

それを見ながら手持ちの化粧品で少し練習してみた。化粧をしては落とし、落としてはまた化粧をすることを何度か繰り返して、ようやくコツがつかめた。

これでなんとかなりそうだと鏡を覗き込んだら、テキストを見ながら無心になって化粧の練習をしている自分が滑稽にも思えた。

自分を綺麗に見せようとか、デートのためにおしゃれしようとか、こんな風に頑張ったことは今までなかったな。

もうすぐ三十路を迎えることだし、いい機会だからこれからはもう少し努力しよう。

それからしばらく経った頃、恵介からトークアプリのメッセージが届いた。

【五時半頃には出られると思う。

ビルの前のコミュニティスペースにベンチがあるから、そこで待ってて。

知らない人に付いて行くなよ】

子供じゃあるまいし、そんなことあるわけないって。

メッセージを読みながら、思わず笑いがもれた。

メッセージの後には、前にお店に行ってメイクをしてもらった時に城垣店長が撮ってくれた写真が、何枚も添付されていた。緊張してはにかんだ自分の表情が、なんだか少し照れくさい。

木曜日に恵介が送ってくれた地図でもう一度会社の位置を確認した。

恵介の会社は私の勤め先からそう遠くなく、最寄り駅が同じ。私の勤め先の結婚式場は駅の南改札口を出た先の国道沿いで、恵介の会社は駅の北側にある繁華街の先のオフィス街の中だ。お互いの職場が歩いて行ける距離の場所にあるなんて初めて知った。

そして百貨店は繁華街より少しオフィス街に近い場所にある。この地図を初めて見た時、だから何度も恵介の知り合いに会ったんだと納得した。

恵介と付き合いだしてから、今まで行ったことのない場所に行く機会が増えた。仕事と買い物に行く以外は家にこもりがちだったから、初めての場所に行くのはとても新鮮で楽しい。

最近では恵介と歩く時に自然と手を繋ぐようになったし、以前よりよく笑うようになったと自分でも思う。

それと同時に、恵介の隣を歩いても恥ずかしくないように、少しでもおしゃれをしてみようかと思うようにもなった。

少しずつ私を変えているのは、間違いなく恵介だ。


着慣れない服を着て、いつもと違う化粧をして、恵介が買ってくれた紫色のリボンで髪を結んで出掛けた。

膝が少し見える程度の丈のスカートなんてたいしたことはないと思うのに、その短さがやけに気になる。丈の長さで言えば制服のタイトスカートとあまり変わらないけれど、制服と違ってフレアースカートだから余計に気になるのかな?

落ち着かない気持ちで電車に乗って、職場の最寄り駅で降りた。こんな時間にこの駅で降りるのは、なんだか不思議な気分だ。

電車を降りるといつもの習慣でうっかり南改札口に向かっていることに気付き、慌てて方向転換して北改札口を出た。

ここから恵介の会社までは、徒歩で十分ちょっとかな。恵介が会社を出るのは五時半頃なのに、時計を見るとまだ四時半になるところだった。

支度が早く済んだのはいいけれど、一人で部屋にいるとどんどん自信がなくなって、やっぱり違う服に着替えようかと迷い始め、思いきって早めに家を出たからだ。

約束の時間にはかなり早いので少し時間を潰そうと、たくさんのセレクトショップが軒を連ねる通りを歩いている時、あるショップの店先で一着のワンピースが目に留まった。

普段は選ばないような色とデザインなのに、なんだかやけに気になる。

しばらく眺めていると店の奥から店員が出てきて、あれよあれよという間に試着室に案内され、言われるがままに試着した。

「よくお似合いです」なんて単純な言葉で持ち上げられ、ワンピース姿で鏡に映る自分の姿を見るとまんざらでもない。

せっかく恵介が高い髪飾りと化粧品を買ってくれたことだし、それに合う服は必要だ。サイズもピッタリだし、思いきって買うことにした。

次に恵介と出掛ける時はこれを着て行こうと思いながら、少し浮き足立った気分で店を出た。


恵介が言っていた通り、会社のすぐ目の前には、緑溢れる都会のオアシスのようなコミュニティスペースが広がっていた。

木陰のベンチに座って都会の雑踏をしばらく眺めていると、若いＯＬ風の女子が三人やって来て、少し離れた隣のベンチに座った。

このビルの中の会社で働いているＯＬかな。おそらく五時が定時なんだろう。コミュニティスペースにあるコーヒースタンドで買ったと思われる飲み物を手に持っている。

「また来てたね、常務の娘」

「富永さん狙いでしょ？　いつものことじゃない」

思いがけず恵介の話が耳に飛び込んできて、良くないと思いながらも耳をそばだててしまう。

「あの女、押しが強いよねぇ」

「結婚前提に付き合ってるんじゃなかった？　しょっちゅうホテルで食事したりしてるらしいよ」

「嘘(うそ)っ!?　ショック……！　それって多分、食事だけじゃないよね？」

「さぁね。常務公認だから、なくはないかも」

彼女たちの会話は続く。これまでにも恵介には、重役や取引先の社長の娘などとの噂(うわさ)が絶えなかったようだ。

なんだ、何も私なんか相手にしなくたって、よりどりみどりじゃないか。私を好きとか、特別なわけじゃないとわかってたはずなのに、なんとなく胸が痛む。

私の知らないところで、本来あるべきはずの恵介の姿がある。

私には恵介を惹(ひ)き付けるだけの魅力なんてない。いずれ私が立ち直れば、恵介はきっとなんの未練もなく私から離れて行く。そして裕福な家庭の綺麗な娘をお嫁さんにもらうんだろう。

その時はせめて、私の知らない式場で結婚式を挙げて欲しい。もうあんな惨めな思いだけはしたくないから。

「こんにちは、福多さん」

声を掛けられて顔を上げると、向こうから歩いてくる綺麗な女性が私に向かって手を振った。

あっ、城垣店長だ。今日も変わらず美しい。

「こんにちは。先日はありがとうございました」

私が軽く頭を下げると、店長も頭を下げた。

「いえいえ、こちらこそありがとうございました」

店長は顔を上げると、私を見てニコッと笑った。

「今日はずいぶん感じが違ったので、人違いかと思っちゃいました」

「あの……私、おかしくないですか？　一応練習はしてみたんですけど、自分でこんな化粧したのは初めてで……。服装もいつもと全然違うし……」

モジモジしながら尋ねると、店長は私を頭のてっぺんからつま先までじっくりと眺めた。

うぅ……綺麗な人に凝視されると緊張する……。

「大丈夫、素敵ですよ。よくお似合いです」

「良かった……。ホッとしました」

店長がそう言ってくれるなら大丈夫そうだ。

「今日はお店でお仕事じゃないんですね」

「そうなんです、朝から本社で店長会議だったんですよ。やっと解放されました。ちょっとひと休みさせてくださいね」

「それはお疲れ様です」

店長は私の隣に腰を下ろした。ほのかにいい香りがする。

同じように役職に就く者として、店長の苦労はなんとなくわかる。上と下の板挟み、つらいんだ。

「福多さんはお仕事お休みなんですか？　もしかして今日も富永さんとデートかしら」

人に言われるとデートって言葉の響きがやけに照れくさい。それに〝今日も〟って……。

店長が放った〝富永さん〟の名前に反応したOL三人組が、チラチラとこちらを気にしているのがわかった。

うう……いたたまれない……。

すみません、こんな地味な女が、あなた方の憧れの富永さんの隣で同じ空気を吸っているなんて。

「ええ……まぁ……デートというか……先日のお礼に食事の約束を」

「仲良しなんですね。富永さんが仕事関係以外の女性をお店に連れていらっしゃるのは珍しいんですよ」

琴音には買ってあげたりしなかったのかな？　なんだかんだ言ったたって恵介は琴音には甘かったみたいだし、すごくおねだりされてそうなんだけど。

「意外……。彼女連れて行って買ってあげたりするのかと……」

「私が知る限りでは、お店に連れてきた女性のことを彼女だって紹介されたことはないですね。取引先の女性の担当者と、取引先の社長とか重役の奥様やお嬢さんが多いです。あとは妹さんですね」

「そうなんですか？」

恵介には妹がいるのか。それは知らなかった。

世話焼きの恵介だから、きっと妹思いのいいお兄さんなんだろう。恵介の面倒見の良さの原点はきっとそこにあるんだ。

「よく取引先の社長から娘とのお見合いを勧められるって言ってましたし、お嬢さん方は富永さんを狙ってたのかもしれませんね。当の本人はまったく興味なさそうでしたけど」

隣のベンチの彼女らが言っていたように、上司や取引先の偉い人から娘をもらってくれと言われるってことは、かなり人望が厚いんだろう。話を聞いてると仕事もできそうな感じだし。

「へぇ……モテるんですね。優しいし面倒見がいいし、男前ですもんね」

「そうですか？　たしかに男前だしモテますけど……普段は割とクールで近寄りがたいで

すね」

「私も第一印象はクールで大人しい人だと思いましたよ。だけど慣れれば誰にでもあんな感じなのかと……」

お酒の力もあったとはいえ、実際私は恵介とすぐに打ち解けたから、優しくて面倒見が良くて、相手の懐に入るのが上手な人だと思ってたのだけど。

もしかして私は事情が特殊すぎたから、同情して特別優しくしてくれたのかな？

「福多さんとお店に来られた時の富永さんは、いつもよりずっと楽しそうでしたよ。彼女の前ではあんな風に楽しそうに笑う人なんですね」

彼女って……他の人に言ってもいいのかな？

隣のベンチの彼女たちはちょっとしたパニックだ。

「そう見えましたか……？」

「あれ？　違うんですか？」

「うーん……どうなんだろう？　違うような、違わないような……いや、やっぱり違うかも……」

店長が不思議そうに首をかしげた。

「違わないよ」

背後から聞き慣れた低い声がした。

「えっ⁉」

ビックリして振り返ると、恵介が呆(あき)れた顔をしてため息をついた。ＯＬ三人組は更にあたふたしている。

「恵介……いつからそこにいたの⁉」

「ちょっと前。声掛けようと思ったけど、話し込んでたからタイミング逃した」

全然気付かなかった……！　っていうか、気配すら感じなかった‼

「今の言葉はちょっとヘコんだな、俺」

「えーっと……なんで？」

私、恵介がヘコむようなこと何か言ったっけ？　思い出せなくて、今度は私が首をかしげた。

「大変！　もうこんな時間‼」

腕時計を見た店長が突然立ち上がり大きな声を出したので、驚いて肩がビクッと跳ねた。

「店に戻らないといけないのに、すっかり話し込んでしまって……。では私はこれで失礼します。福多さん、またお店にいらしてくださいね」

「はい……失礼します……」

私もベンチから立ち上がり軽く頭を下げた。急ぎ足で去っていく店長を見送って、チラッと横目で恵介の様子を窺(うかが)う。

なんか……機嫌悪い……？

「恵介……なんか怒ってる？」

「別に怒ってない。ヘコんでるだけ」

　恵介がいつもより明らかにぶっきらぼうな返事をした。

「私、なんか気に障ること言った？」

「自覚無しか……。とりあえず……ここで突っ立ってるのもなんだし、そろそろ行こう」

　恵介はいつものように私の手を引いて歩き出そうとした。隣の人たちが食い入るように私たちを見ていることに気付いて思わず手を引っ込めると、恵介が顔をしかめた。

「俺と手繋ぐのイヤ？」

「イヤじゃないけど……会社のすぐそばで、私と手なんか繋いで大丈夫？」

「どういう意味？」

「会社の人たちに見られていろいろ聞かれたりとか、恵介が後々めんどくさい思いしないかなと思って」

　私が声を潜めてそう言うと、恵介は苛立った様子で大きくため息をついて、私の手を強く握って引き寄せた。

「なんでそれがめんどくさいの？　彼女と手繋いで歩いて何が悪い？　つまらんこと言ってないで行くぞ！」

　隣のベンチの彼女たちは、ポカンと口を開けて放心状態だ。

　もしかしたら明日には、恵介が地味な女と付き合ってるとか、その地味な女と手を繋いで歩いてたとか、噂になっているかもしれない。

駅までの道のりを、二人とも黙ったまま歩いた。

恵介に手を引かれて歩きながら、本当に手なんか繋いでるところを見られて良かったのかなとか、恵介は私のことどう思ってるんだろうとか、私は恵介とどうしたいんだろうとか、とりとめもないことを考えた。

地下鉄の駅に着くと、恵介は自動券売機で切符を一枚買って、黙って私に差し出した。

「ありがとう……」

「……うん」

自動改札機を通り抜けると、恵介が左手を差し出した。私は素直にその手を取った。改札を通るときには離していた手を、また繋いで歩く。

地下鉄のホームへ向かう階段を降りながら恵介の背中を見ていると、少し胸が痛くなった。

周りの人たちにどう思われるのかとか、自分に自信がない私は、いつも人の目を気にしてばかりだ。

それを恵介は、いとも簡単に〝つまらんこと〟と言い切った。

私、恵介の隣にいてもいいの？　恵介は本当にそれを望んでくれている？

階段を降りてホームの端まで歩いた。

何から話せばいいのかわからないけれど、私が恵介と一緒にいたいのだけはたしかだ。とにかく何かを伝えなければと、恵介の手を強く握った。

「あのね、恵介……」

「何？」

恵介は私の方を見ずに無愛想に返事をした。

「本当に私、〝恵介の彼女です〟って……言っていいのかな？」

恵介は少し振り返って私の方を見た。

「腹減った。早く幸の作った夕飯食べたい」

私の問い掛けに、恵介は答えてくれなかった。

バカなこと聞いたな。恵介が何も答えないなら、私は今の言葉をなかったことにしてしまおう。

「……うん、何が食べたい？」

「毎日一緒にいても俺の気持ちわからない？」

それは何が食べたいか当ててみろということ？

「えっと……エビフライ……かな？」

恵介は苦笑いをして私を軽く抱き寄せた。

「そっちはわかるのかぁ……」

スーツからほのかに恵介のタバコの匂いがして、胸の辺りがキュッとしめつけられるような甘い痛みを覚えた。

好きじゃないなら、無理にこんなことしなくていいのに。

「あ……はずれちゃった？」

「いや、お見事です。エビフライ食べたいって、昼頃からずっと思ってた」

「じゃあエビフライとサラダと……唐揚げも作ろうかな」

「うわ、めっちゃ楽しみだ」

優しく私の頭を撫でる恵介の手のあたたかさに、また鼓動が速くなった。

私の気持ちは矛盾だらけだ。思わせ振りな態度はやめて欲しいと思うのに、恵介が私の作る夕飯が楽しみだと笑ってくれるだけで、嬉しい。

先のことはどうなるかわからないけれど、私は今、恵介と一緒にいる。

今だけでいい。今だけでいいから、恵介の言葉を信じたい。

こんな風に思うってことは、やっぱり私は恵介が好きで、この先もずっと一緒にいたいと願っているからなんだろう。

「なぁ、幸」

「ん、何？」

「今も……」

恵介が何かを言いかけた時、頭上のスピーカーから〝二番線に電車がまいります〟とアナウンスが流れ、恵介の声をかき消した。

「なんて言ったの？　聞こえなかった」

　恵介は少し肩を落としている。

「……タイミング悪いな……。やっぱいいや」

「え？」

「いや……。幸、いつもと全然感じが違うな。俺のために頑張ってくれたのかなーって思うと、なんかドキドキする」

「何言ってるの……。何したって中身は私だよ？」

「だからだよ」

　地下鉄の車内に乗り込むと、窓ガラスにはいつもとは別人みたいな私が映っていた。今更ながら膝とか胸元が露になった服装が恥ずかしくなる。

「やっぱりちょっと無理があったかな……」

「何が？」

「この服、友達に勧められて買ったのに、恥ずかしくて一度も着たことなかったの。ちょっと頑張ってみようと思って着て来たんだけど……やっぱり私には似合わないね」

「なんで？　俺、さっきも言ったじゃん」

　恵介が私の耳元に口を近付けた。

「ドキドキするくらい可愛いよ、幸」

　耳元で甘い声で囁かれ、思わず握っていた吊革（つりかわ）から手を離して耳を押さえた。その拍子にバランスを崩した体が、重力に逆らえず倒れそうになる。

「わっ……！」

なんとか持ちこたえようと吊革に伸ばした手は、虚しく空を切った。

ダメだ、倒れる！

そう覚悟した瞬間、恵介が私の体を抱き止めた。

「大丈夫か？　急に手を離したらダメだろ？　ちゃんと吊革に摑まってないと危ないよ」

「ごめ……ん……？」

いや、ちょっと待てよ。そもそも私は何故吊革から手を離した？

えーっと確か、耳を……。ってか、なんで耳なんか押さえようとしたんだっけ？

吊革をしっかり握って考える。

〝ドキドキするくらい可愛いよ、幸〟

さっきの恵介の甘い声が耳の奥で蘇った。

「あっ……！」

思い出した……恵介のせいだ！　恵介が耳元であんなこと言うから……！

「どうした？」

「……なんでもない」

何が〝ドキドキする〟よ……。ドキドキしてるのはいつも私ばっかりで、恵介は余裕じゃないか。

私と違って恵介はモテるみたいだし、若い頃からさぞかし場数を踏んで来たんだろう。琴音と七年近くも付き合っていたと言っていたけれど、琴音のことは女と思えなくなったと言っていたし、琴音がいても他の人とも付き合ったりしていたのかも。

経験豊富そうだったもんな……。

そんな人が私なんかを本気で好きになるわけがない。甘い言葉を囁くのも甘やかすのも、きっとお手のものなんだろう。

そう思うと胸が痛くて、自分で自分の考えに落ち込んでしまう。

「さっきから眉間にシワ寄ってるけど、どっか痛い？」

「うん、痛い……」

無意識にそう呟くと、さっき倒れかけた拍子にどこか痛めたと勘違いしたのか、恵介は少し慌てたそぶりを見せた。

「えっ、大丈夫か？　どこが痛い？」

「ううん……やっぱり大丈夫、なんでもない」

「ホントに大丈夫？」

「うん」

私がどんなに頑張って少しくらい綺麗になったところで、どうにもならないのは夏樹だけじゃない。きっと恵介だって同じだと思う。

いつも乗る電車の窓からの風景とは違って、地下鉄の窓の外には真っ暗な闇が広がっている。闇に覆われた窓に映る即席で着飾った私は、恵介にはひどく不釣り合いに見えた。

「やっぱり無理があるな……」

「え?」

「……なんでもない」

自分に自信を持てと言われても、たいした取り柄もないのに、どこに自信を持てばいいのかわからない。

恵介が好きだと気付いた途端、現実が厳しいことを目の当たりにした私の心は、早くもへし折られてしまった。

私、恋愛に向いてないんだな。

もし私が恋愛に向いていたら、夏樹に都合がいい便利なだけの女にされたりはしなかっただろう。

地下鉄を降りて、駅前のスーパーで夕飯の材料の買い物をした。その間も恵介は片手でカートを押しながら、もう片方の手で私の手を握っていた。

憧れのシチュエーションってやつかな。

恵介のささやかな望みを叶(かな)えようと、私はいい彼女のふりをした。こんな風に一緒にいられるのは今だけなのかもしれないと思うと胸が痛む。

これが私じゃなくて、本当に好きな人だったら、恵介はもっと嬉しかっただろう。

もし恵介にそんな人が現れたら、代役の私なんか用済みになってしまう。

だから私は一生懸命笑った。

たとえ恵介が私のことを本気で好きじゃなくても、今は私が恵介の彼女なんだから。

しばらくの間でも、恵介が喜ぶ顔が見られたらそれでいい。

いつかその日が来たら、私は笑顔で「ありがとう」と言って恵介を解放しようと決めた。

一日でも長く一緒にいられることを願いながら。


スーパーで買い物を済ませて恵介の部屋に行き、洗面所で手を洗っていると、足の下に何か異物感を覚えた。手を洗い終わって足元を見ると、落ちていたのは小さな金具のような物だった。これなんだっけ、見たことある。

それを拾い上げようとして、すぐそばに長くて茶色い髪の毛が落ちていることに気付く。

私の髪の毛は、こんなに長くも茶色くもない。じゃあ、一体誰のもの？

恵介の性格上、忙しくても何日も掃除をしていないとは思えない。

金具を手に取るのはやめて、しばし考える。

なんだ、そうか。私以外にも、この部屋で一緒に過ごす人がいるわけだ。

私と一緒に夕飯を食べて別れた後に、何食わぬ顔をしてその人と、私とキスした唇でキスをしたり、私を抱きしめた手で抱き合ったりしているのかな。

恵介を責めるつもりなんてない。世話焼きな恵介のことだから、きっと夏樹が去って行って傷付いていた私を、飼い主に捨てられた哀れな犬みたいでほうっておけなかっただけなんだろう。

　恵介は最初から私を本気で彼女とは思っていないし、なんの執着もないから、私が無理だと思ったらいつでも別れてOKと言ったんだと思う。

　同情で拾われただけの私に、恵介を束縛する権利なんてない。

　だからこれは見なかったことにして忘れてしまおう。せっかく一緒にいられるのに、無駄な詮索なんかして疎ましがられるのはイヤだから。

　その後、自分の家から持参したエプロンを着けて夕飯を作った。

　メニューはエビフライと鶏の唐揚げとサラダと、味噌汁と御飯。私が料理をしている間、恵介はダイニングの椅子に座って私の後ろ姿を見ていた。

　対面式のキッチンなら顔を見ながら会話もできたんだろうけど、無防備な後ろ姿をずっと見られているのは少し緊張した。

　だけど何も知らないふりを上手にするのは難しいから、恵介の顔を見ずに済んだのは良かったのかもしれない。

　恵介は出来上がった料理をとても美味しそうに食べてくれた。その顔を見ると嬉しくて、私もつられて笑みがこぼれた。

　単純だな、私も。こんな些細（ささい）なことで喜ぶなんて。

　恵介にしろ、夏樹にしろ、結局私が求められているのは食事だけだっていうのに。

食事の後、恵介が淹れてくれたコーヒーをソファーに座って飲んだ。

美味しいはずなのに、前にここで一緒に飲んだ時より苦く感じた。

「幸、ありがとな」

そうだ、そもそも私は今日、お礼をするためにここに来たんだ。

本物の恋人でもない私に、嫉妬や束縛をする資格なんてない。私のいないところで恵介が誰と何をしていても、文句を言ったり責めたりするのはお門違いだろう。

恵介への気持ちが私の一方的なものであるなら尚更、せめて一緒にいる時くらいは、可愛い理想の彼女を演じている方がいい。

その方が恵介も喜ぶはずだ。余計なことを考えるのはやめよう。

「お礼を言うのは私の方でしょ？」

「幸がおしゃれして会社まで迎えに来てくれて、スーパーで一緒に買い物して、うまい夕飯作ってもらって一緒に食べて……俺、今めっちゃ幸せ」

そんなのは白々しい嘘だとわかっているけれど、これが恵介の求める彼女との理想の過ごし方なのだろうから、私もその期待に応えることにした。

「恵介に喜んでもらえて、私も幸せ」

珍しく私がそんなことを言ったからか、恵介は少し照れくさそうに笑って、腕を伸ばして私を抱き寄せた。

抱きしめられ優しく頭を撫でられて、速くなる鼓動と胸の痛みを感じながら、恵介のシャツの裾をギュッと握った。

「やっぱ可愛いな、幸……」

嘘ばっかり。そう言いたい気持ちをグッと堪えた。

「そんなこと言うのは恵介だけだよ。そういうの、すごく照れる……」

「だから言ってんの。そういうところが可愛いんだよな、幸は」

可愛いと言われて照れる私が可愛いなんて、物好きもいいとこだ。

美人とばかり付き合っていると、私みたいな地味な女の反応が新鮮に感じるのかも。

「幸はさ……」

「ん……何?」

恵介が次の言葉を口にしようとした瞬間、恵介のジャケットからスマホの鳴る音がした。

「鳴ってるね」

「……電話だな。ちょっとごめん」

恵介はめんどくさそうに立ち上がり、ダイニングの椅子に掛けていたジャケットの内ポケットからスマホを取り出して画面を見た。

そして一瞬眉をひそめた後、ため息をついて電話を切った。

「切っちゃったの?」

「ああ……。どうせたいした用じゃないから」

あの長い髪の女の人かな。さすがに私の前では電話に出にくいのかも。

「用件くらい聞けば良かったのに……」

「別にいいよ。大事な用なら、また掛けてくるだろ」

恵介はスマホをテーブルの上に置いてソファーに戻ると、いつもより少し強引に私を抱きしめた。

「せっかくいい感じだったのに、邪魔が入ったな」

私はドキドキしながら、何か話題はないかと頭をフル回転させる。

「そういえば……恵介、さっき駅でも何か言おうとしてなかった？」

「んー？　なんだっけ、忘れた。それより俺は幸とこうしてたい」

さっきの続き？

……いや、それにしてはなんだか雰囲気が違う。私を抱きしめる指先に、なんとなくエロさがにじみ出ているような……。

恵介の指先が、触れるか触れないかくらいの強さで私の背中をなぞった。首筋を唇でゆっくりと撫でられ、全身の神経がゾワゾワと騒ぎ出す。

しっかり抱きしめられて身動きも取れず、耳にかかる恵介の吐息にまで欲情を煽られた。

「幸の心臓、めちゃくちゃドキドキしてる」

「だって……恵介が……！」

「ふーん？　俺のせいなんだ。じゃあ……もっとドキドキさせていい？」

恵介は私を素早く膝の上に乗せて顔を近付け、ニヤリと笑った。

「え？　もっと、って……」

私の唇を中指でゆっくりとなぞって、恵介はその指先をペロリと舐める。

「幸がドキドキしてる顔、もっと見たい」

完全にスイッチ入っちゃってるよ、これ……。まずいな、いつも以上にエロ全開だ。

恵介は思わず赤面してしまった私の頬や額に軽くキスをして、唇には短いキスを何度も繰り返した。

「これからは遠慮なくキスするからな」

遠慮なくって……どんだけキスするつもり!?

言葉通り、頬や額や耳や首、そして唇……あちこちに容赦なくキスを浴びせられ、服の上からゆっくりと優しく体中を撫でられて、甘い痺れに抗えず声がもれた。

「そんなエロい声出して……もっと触って欲しいの？」

「違う……そんなんじゃ……」

はしたない声を出してしまった上に、いやらしい女だと思われてしまったことが恥ずかしくて慌てて否定しようとすると、恵介はニヤニヤ笑いながらスカートの中に手を入れ、私の太ももを撫でる。その手は艶めかしく這い上がり、パンストとショーツに覆われた花弁を指先でゆっくりとなぞる。

あられもない声が出そうになるのを必死になって堪えるものの、照明の下で煌々と照らされた私の顔が、与えられた甘美な刺激で快感に歪んでいることは隠しようがなかった。

「違うって顔じゃないけど？」

「バカ……」

私の秘部は小刻みに動く恵介の指先を感じ取り、次第に潤い始める。それに気付いた恵介は私をソファーに押し倒し、意地悪く口角を上げながらパンストをずらして、ショーツの中に手を突っ込み私の下腹部に直接触れた。

熱くなった花芯を指先で割られ、浅い所を探られると、堪え切れなくなった声が漏れた。その声は明らかに、先ほどよりも甘くて高い。

「もうこんなに濡らして……辛ってホント、エロいよね」

恵介は私の耳元でそう囁き、私に見せつけるようにして、指に滴る蜜を舌でゆっくりと舐め取る。

「やだ……そんなこと……」

「恥ずかしいの？」

小さくうなずくと、恵介はニヤリと笑って、その手を再び私のショーツの中に潜り込ませた。入り口の辺りを指の腹でなぞり、掬い取った蜜を柔らかく尖ったその先に擦り付ける。

そして淫らな音がするほど激しく擦られて私が果てそうになると、急に指を動かすのをやめたり、ゆっくりと動かして焦らしたりした。

外側の敏感な所ばかりを執拗に弄られ、私のショーツは溢れ出した蜜でぐちゃぐちゃになっている。

もどかしくて切なくて、おかしくなりそうだ。

「も……やだぁ……」

涙目になっているのを両手の甲で隠して呟くと、恵介は私を攻める手を休めることなく動かしながら、もう片方の手で、目元を覆っていた私の手を引きはがした。

「イヤならやめるけど、どうする？」

ここまでしておいて、どうしてこんなに意地悪なことを言うんだろう。私が今どうして欲しいかなんて、わかりきっているくせに。

「やめて欲しい？」

「やめちゃやだ……」

「じゃあ、どうして欲しい？」

焦らさないで。

もっと奥まで触って。

指だけじゃイヤ。

そう言いたいけれど、恥ずかしすぎて口には出せない。

「……意地悪しないで」

「意地悪してるつもりはないんだけどなぁ」

「してるよ……。だってさっきから……」

「ああ、そうか。もっとじっくり時間をかけて気持ち良くしてあげようと思ってたんだけど、もう我慢できないってこと？」

　恥を忍んでうなずくと、恵介は掴んでいた私の手を離し、眼鏡を外してローテーブルの上に置いた。

「いいよ。思いっきりイかせてあげる」

　恵介は少し強引に私を抱き寄せ、噛み付くようなキスをしながら、濡れそぼった熱い花芯を割って指を滑り込ませた。やすやすと最奥まで到達した恵介の長い指は、卑猥な音を立てて私の中の深い所を掻き回す。

　ついさっきまで散々焦らされてくすぶっていた私の体は、恵介の指の動きを過敏に感じ取り、はしたなく甲高い嬌声をあげながら昇り詰めた。

　私が果てても恵介は休める事なく私の中で指を動かし続け、敏感になった窪みの入り口で尖った小さな膨らみを、もう片方の手で擦り上げる。

「ちょっと待って……」

「なんで？」

「だって……今……」

「いいじゃん。幸はもっと気持ちよくなりたいんだろ？」

　おかしくなりそうなほど攻め立てられ、押し寄せる快感の波に抗うことができず、自ら腰を揺らして更なる快感を求める。

もうどうなってもいい。何も考えられなくなるくらい、初めての夜みたいに思いきり抱いて欲しい。

胸に込み上げる不安とか嫉妬とか、一言ではとても言い表せない感情を、恵介の熱で全部かき消してくれたら……。

もっと熱いものが欲しくて、焦れったくてもどかしくて、堪らず腕を伸ばして背中にしがみつくと、恵介は舌を絡めた甘くて激しいキスをして、少し意地悪な笑みを浮かべた。

「今日はこれくらいにしとこうかな」

「……え?」

私はきっと鳩が豆鉄砲を食ったような顔をしているに違いない。唖然としている私を見て、恵介は笑いを嚙み殺している。

「もう遅いし送ってくよ」

「ああ……うん……」

何これ……寸止めとかいうやつ?

恵介はどうやら焦らすのがお好きらしい。自分にはその気もないくせに、私だけその気にさせといて、今日はここまでなんてひどいな。

恵介の言動に焦ったり戸惑ったり、ジタバタしてるのは私だけ。なんかもう……おかしくなりそう……。

乱れた衣服や髪を整えてソファーから立ち上がろうとすると、恵介が私の体をグイッと引き寄せた。

「まだ物足りないって顔してる」

耳元で囁かれて、また体の奥が疼く。

「もっとして欲しかったの？」

尋ねられると余計に恥ずかしくて、全身の血が集まったみたいに顔がカーッと熱くなった。

私が素直にうなずくと、恵介は小さく笑った。

聞かなくてもわかってるくせに、なんでこんなに意地悪なんだろう。

男慣れしていない私の反応がおかしくて、からかってるつもりなのかな。私がだんだん恵介に本気になっていくのを見て、バカな女だって笑ってる？

「夏樹とするより良かった？」

その一言で、私たちが『自分を裏切った相手を見返して取り戻すまで、その寂しさを埋めるためだけに結ばれた身代わりの関係』なのだと改めて思い知らされる。

恵介が私を本気で好きじゃないのはわかってる。こんなの恵介にとっては、ただの暇潰しの恋人ごっこだ。

わかってたはずなのに好きになってしまうなんて。思わせ振りな恵介にも、恵介を好きになってしまった自分自身にも腹が立つ。

私はありったけの力で恵介を突き放した。

「……もういい、一人で帰る」

「え？　なんで……」

「いいからほっといて!!」

バッグを摑んで急いで玄関に向かい靴を履いた。

「幸、ちょっと待って！」

「大嫌い！　ついてこないで!!」

慌てて追い掛けてこようとする恵介に思いっきり叫んで玄関を出た。マンションの廊下を全速力で走り、階段を駆け降りる。

悔しい、悔しい、悔しい。情けなくて涙が溢れる。

私のことなんて本当はどうでもいいくせに。

もし琴音を取り戻せなくても他にも女がいるのに、どうして私にかまうの？　好きな男に愛されなかった哀れな私をからかうのは、そんなに楽しい？

ちょっとおだてられたくらいで勘違いして、恵介のために必死で練習してまで慣れない化粧をして、似合わない格好をして。私、本当にバカみたい。

やっぱり恵介のことなんか、本気で好きになっちゃダメだ。恵介は私がいなくなったところで、痛くも痒くもないんだから。

地下鉄の駅が近いからか、マンションを出てすぐのところで、タイミング良く通り掛かった空車のタクシーを拾うことができた。後部座席で泣いているのを運転手さんにジロジロ見られたのは恥ずかしかったけれど、地下鉄に乗って見知らぬ大勢の人の前で、涙で化粧の崩れたひどい顔をさらすよりはましだ。

ハンカチで涙を拭っていると、バッグの中でスマホが鳴った。画面には恵介からの着信が表示されている。

私が急に怒って帰ってしまった理由なんて、恵介にはわからないだろう。今は何も聞きたくないし、話したくない。電源を切ってスマホをバッグにしまった。

恵介と会うの、もうやめようかな……。

今更、夏樹と琴音がどうなったって私には関係ない。これ以上一緒にいたら、今よりもっと恵介を好きになって傷付くのは目に見えている。

好きなのに好きじゃないふりをするとか、好きな人にその場かぎりの割り切った関係を求められるなんて、今の私には耐えられそうもない。そんな不毛な片想いの苦さは、夏樹の時でもうじゅうぶん味わった。

いい歳をして冗談もうまくかわせない私なんて、恵介にとっても面倒なだけだと思う。本気で好きになられて困るのは恵介の方だ。

ついさっきまでは恵介と一緒にいる理由が欲しいと思っていたはずなのに、今はもうこれ以上好きになって傷付かないように自分を守ろうと、恵介と離れる理由を並べている。

5　もうやめる

翌朝、目覚まし時計の音で目が覚め、重いまぶたを開いた。

どんなにつらいことや悲しいことがあっても、朝は容赦なく訪れる。顔を洗って、泣き腫らしたまぶたを冷やした。

今週末からブライダルフェアが始まる。今日からその準備で忙しくなるから、しっかりしなきゃ。普段よりも帰宅時間が遅くなるし、恵介と会うのをやめるには、ちょうどいい機会なのかもしれない。

ゆうべ切ったままだったスマホの電源を入れると、不在着信通知や未読のトークメッセージが一気に届いた。今どこにいるんだとか、連絡してくれとか、恵介からのいくつかのメッセージを確認した後、すべて削除した。

本当はどうでもいいくせに、心配するふりなんかしてくれなくていい。思わせ振りな態度に腹が立つ。

ドラッグストアで買った安い化粧品でいつも通りの簡単な化粧をして、いつものバレッタで髪を束ねて、私らしく地味な服装で家を出た。

夏樹を見返すためとか、恵介を喜ばせるために綺麗になる努力をするなんて、バカらしいことはもうやめよう。そんなのはやっぱり私らしくない。

どんなにしっかりメイクをして派手に着飾って見た目を変えても、中身はやっぱり私でしかないんだから。

地味な格好をしていても仕事はできる。結局、私を裏切らないのは仕事だけなんだ。


お昼になる少し前、ブライダルサロンの事務所でパソコンに向かっていると、琴音が休憩をしに戻って来た。

琴音はカップにコーヒーを注ぎ、椅子に座って大きなため息をついた。

「疲れたぁ……。壮絶な嫁姑バトルだった……」

「お疲れ様」

「やっぱりあれね。母親がしゃしゃり出てくると、まとまるものもうまくまとまらない」

「家同士の付き合いとか、親の出身地のしきたりとか、いろいろあるから。難しくなることはたしかね」

そういえば琴音は、持ち前の外面の良さと甘え上手な性格で夏樹の両親をうまく懐柔して、自分達のしたいことを優先しながら親の希望もうまく取り入れていたから、驚くほどスムーズに準備が進んだ。その辺はやはり、ブライダルアドバイザーを職業としているだけはある。

「あのお嫁さん、やっぱり結婚辞めます！　って言いそうな勢いだったよ」

「そうなんだ。新郎さんが間に入ってうまくまとまればいいけど」

「難しいんじゃないかな？　親の言いなりって感じで、お嫁さんと二人で決めたことも
あっさり覆しちゃって。お嫁さんは姑さんよりも新郎さんにムカついてたと思う」

「なるほどね……。結婚式までの道のりは険しいか」

パソコン入力を終えて、クルリと椅子を回した。猫舌の琴音はコーヒーをふうふう吹き
冷ましながら、熱そうにチビチビ飲んでいる。

「それで、新婚生活はうまくいってるの？」

勝手に口が動いた。こんなことを聞いてどうするつもりなんだろう？　自分でもわから
ない。

私の言葉がよほど意外だったのか、琴音はキョトンとしている。

「まぁ、それなりに。仕事ある日は何もできない分、休みの日は家事で手一杯だけどね」

……ってことは、今のところ家事の怠慢で夏樹と揉めたりはしていないんだな。

「ふーん……。私には想像もつかないわ。独身だから自分の世話だけしてればいいし、気
楽なもんね」

「幸はなんでもできるもん、いつ結婚しても大丈夫よぅ。でも私は家事が苦手だからさぁ」

「そうなの？」

恵介から聞いてそれは知っているのに、わざとらしく尋ねた。

「でも二人だとどうにかなるもんだね。完璧にこなすのはまだ無理だから、手抜きしまくりだけど」

「ほぅ、それはのろけなのかな。仲のよろしいことで……」

なんだ、こっちはこっちでうまくやってるんだ。予想は大きく外れたみたいよ、恵介。

やっぱり恵介との恋人ごっこは、もう終わりにしよう。これ以上一緒にいたって、お互いの目的は果たせそうもないってわかったから。

いくら琴音が奔放でも、自ら捨てた元カレのところに戻るとは思えない。

夏樹と琴音はお互いが好きで結婚したんだから、幸せになってくれればそれでいいじゃないか。人の不幸を願うようなバカげたことを考えるのは、もうやめよう。

「新婚さんはいいねぇ……ラブラブで。お願いだから、あっという間に離婚とかやめてよ」

少し皮肉を言ってやったつもりなのに、琴音はそれをものともせず笑った。

「大丈夫だよー。今度、友達と一緒に遊びに来てね」

「友達と一緒に、って？」

「夏樹とは高校の同級生なんでしょ？」

「うん……」

あれ？　何この感じ。同級生なのは間違いないけど……それ以上に触れるべき所があるでしょ？

「幸とは高校の時から特に仲が良かったって聞いてるよ。もしかして高校時代に付き合ってたりした？」

「それはないけど……」

ちょっと待ってよ、それ本気で言ってる⁉　それとも私を試してるの？

琴音が真相を知らずにそう言ったのか、何もかも知った上でわざとそう言ったのか、まったくわからない。

一体どういうつもりなのだろうと様子を窺っていると、琴音がいつもの癖で耳たぶを触りながら、何か思い出した様子で「ああ」と呟いた。

「そうだ、いつの間にかキャッチが外れて落としちゃったみたいなんだよね。この辺で見掛けなかった？」

「キャッチ？」

「耳たぶの裏側でピアスを留める小さい金具。たまに髪に引っ掛かったりして外れちゃうんだ」

琴音は反対側の耳からピアスを外して手のひらに乗せ、私に見せた。

「これだよ。小さいから、落とすと見つけるの大変なんだ。この辺に落ちてなかった？」

あっ、これ……もしかして……。

「ここでは見てないよ」

「そうかぁ……。もし見掛けたら教えて」

「……うん」

ここでは見ていない。見掛けたのはここじゃなくて、恵介の家の洗面所だ。

そういえばあの髪の毛、色も長さも琴音の髪と似ている気がする。ということは……もしかして琴音は、今も恵介の部屋に出入りしてるの⁉　でも琴音は夏樹とうまく新婚生活を送っているはず。

だんだん頭が混乱してきた。

「福多主任、中村様がお見えです」

サロンから呼びに来た西野さんの声に驚き、肩がビクッと跳ね上がった。

「あっ……はい、すぐ行きます」

「行ってらっしゃーい。私は次の予約までしばらく時間があるから、少し早いけどこのまま昼休憩に入るね」

「ああ……うん」

事務所を出てサロンへ向かって歩きながら、両頰を軽く叩(たた)いた。

今は余計なことを考えちゃダメだ。今更考えてもどうしようもないことで悩むより、私には今やるべきことがたくさんあるんだから。

サロンが閉館時間を迎えて少し経った頃、今日最後のカップルを送り出した。

今日は担当しているカップルの予約が多かったので、ブライダルフェアの準備が思うように進まなかった。でも原因はそれだけじゃないことは自覚している。ふとした時に恵介と琴音のことが頭を駆け巡り、仕事が手につかなかったのだ。

一緒に残業していた西野さんが退社した後、一人でパソコンに向かっているとスマホが鳴った。スマホの画面にはメッセージ受信の通知が表示されている。

メッセージは恵介からだった。スマホは何度も鳴っていたけれど、私はそれを無視し続けた。

仕事をしながらふと思い出したのは、夏樹と琴音の結婚式の打ち合わせをした時のことだ。

二人のなれそめを紹介するにあたり、司会者を交えて打ち合わせをすることになった。その前日の夜遅く、出会い方が出会い方だから、二人のなれそめを捏造するけどいいかと夏樹から電話があった。そして前日から琴音は熱を出して欠勤していたから、翌日は夏樹と私と司会者の三人で打ち合わせをした。

二年前に友人の紹介で出会ったとか、それから夏樹が積極的にアプローチして付き合い始めたとか、夏樹の捏造だと思っていたなれそめは、実は本当のことだったのかもしれない。

いろんな考えが頭の中をぐるぐると駆け巡るものの、本人に聞かないと確かめようもないことばかりで疲れてきた。

「はぁ……。仕事しよ」

もうこれ以上無駄なことを考えるのはやめようと、再びパソコンに向かった。


仕事が一区切りついたところで立ち上がって、大きく伸びをした。壁時計を見ると、既に九時半を回っている。

本当ならこれくらいの時間には電車の中にいたはずなのに、つまらないことで時間をロスして遅くなってしまった。

みんな帰った後だからもうコーヒーもないし、西野さんが帰り際にくれた飴（あめ）を引き出しから取り出して、口に放り込んだ。昔懐かしいイチゴミルクの味だ。

そういえば……私がイチゴのアイスが好きだとなんとなく言ったら、恵介が次の日の仕事帰りに買ってきてくれたっけ。

スマホを手に取って、しばらく考えた末、恵介からのメッセージを開いた。

【会いたい。仕事が終わったら連絡して】

会いたいなんて、嘘（うそ）ばっかり。

ため息をつきながら次のメッセージを読む。

【幸が食べたがってたやつ買ってきた。一緒に食べよう。連絡待ってる】

食べ物で釣る気だな。

会社帰りに私の好きなイチゴのアイスを買ってきてくれた時の恵介の笑顔を思い出して、目の前がじんわりとぼやけた。

泣くもんかと歯を食いしばり、イチゴミルクの飴をガリッと噛みしめた。ミルクと砂糖の甘さがイチゴのほのかな酸味をかき消して、口の中にくどいほどの甘さだけが広がっていく。

「甘すぎるよ……」

人差し指で目元を拭って、またパソコンに向かった。仕事に集中したいのに、パソコンの画面が次第にぼやけて、あたたかい滴が頬を伝った。

恵介に会いたい。でも、もう会いたくない。

恵介が好き。でももうこれ以上、恵介を好きになりたくない。

そう思うほど胸の奥がしめつけられるように痛む。

「……なんで好きになっちゃったかなぁ……」

誰もいない空間に、私の情けない独り言だけが響く。

『幸とこうしてるだけで俺は結構幸せ』

私を後ろから抱きしめながら呟いた恵介の嘘臭い台詞が脳裏をよぎった。それが恵介の本心から出た言葉だったら、どんなに幸せだろう。

特別なことなんて何もなくていい。

恵介がいて、私がいて、お互いが一番好きで大切だと思えたら、それだけでいいのに。

あんな出会い方じゃなければ、もっと普通の恋愛ができたのかな？

私も恵介と一緒にいるだけで幸せだって、躊躇せずに言えたのかな？

だけどやっぱり夏樹と琴音のことがなければ私たちは出会っていないし、もし出会っていたとしても、恵介は私なんかに見向きもしないだろう。

恵介は琴音がいなくなって清々してるとか、ほっとけなかっただけなんて言い方をしていたけれど、本当は今も好きなんだと思う。だから私を利用して、夏樹から琴音を奪い返そうとしたんだな。

恵介と琴音は、今もまだ会っているのかもしれない。


十時を過ぎた頃、戸締まりをしてブライダルサロンを出た。こんな時間でも駅前は賑やかだ。

電車の窓に映る私の顔はひどく疲れて見えた。

結局私は恵介に返信しなかった。

もう会うのはやめようと思っているはずなのに、そのたった一言を切り出すことをためらっている。

これ以上好きになりたくないと思うくせに、嫌われたくない。

誰よりも私を好きになって欲しい。

夏樹と琴音のことも、恵介と琴音のことも、本当のことを知りたいと思うのに、知ってもどうしようもないことは知りたくない。

私の頭と心はバラバラになって、何もかもが矛盾している。

仕事の忙しさに便乗して恵介と距離を置けば、少しは頭が冷えるのかな?

そうすれば今より少しは上手に笑って、お別れが言えるだろうか。


電車を降りてコンビニに立ち寄った。ずっと恵介と夕飯を食べていたから、夕飯用にコンビニ弁当を買うのは久しぶりだ。

今日は静かな部屋に一人きりで、コンビニ弁当で夕飯を済ませるんだと思うと、自宅までの道のりがやけに遠い。

そんなことを思いながら、コンビニ袋を提げて家路を急いだ。

自宅玄関の鍵を開けようとすると、ドアノブにビニール袋がぶら下がっていた。

なんだろうと恐る恐る中身を確認すると、最近話題のコンビニスイーツが入っていた。

イチゴとチョコのラング・ド・シャと、イチゴのフロマージュ。

私が仕事帰りにコンビニに寄ってもいつも売り切れていてなかなか買えないけれど、一度でいいから食べてみたいと、恵介と食事をしながら話したことを思い出した。

そしてメモ帳をちぎったような紙切れが入っていた。

【何時になってもいいから、帰ったら連絡して】

少しクセのある文字で、一言だけの走り書き。

恵介がいつまで待っていたのか、どんな思いでここにいたのか。

私をからかって泣かせたことへの単なる罪悪感からなのか、少しでも私を想ってくれているのか、それもわからない。

ただ今は何もかも、本当のことを知るのが怖い。


部屋に入って荷物を置くと同時に、バッグの中でスマホが鳴った。恵介からかもと思って出るのをためらっているうちに着信音が途絶えた。

バッグからスマホを取り出して確認すると、発信者は恵介ではなく巴だった。こんな時間になんの用だろう？

電話を掛けるとすぐに巴の明るい声が返ってきた。

「電話に出られなくてごめん。ちょうど今帰ったところで」

何も知らない巴に言い訳している自分が滑稽に思えた。

恵介の連絡を無視し続けている罪悪感のせいかな。

『遅くまでお疲れ。ところで、次の休みはいつ？』

唐突になんだろう？

「えーっと……木曜日」

『木曜日かぁ。でもしょうがないな、その日空けといて』

「いいけど……何があるの？」

『曽我秋一、覚えてるよね？』

曽我秋一は高校時代に仲の良かった同級生だ。少し小柄だったけれどバスケ部で、明るく人懐こい性格の人気者だった。

「もちろん」

『なんかねぇ、仕事で長いこと地方の支社とか海外に行ってたらしいんだけど、最近こっちの本社に帰って来られたんだって。それで久しぶりにみんなに会いたいって言うから、飲み会することになって』

「ふーん……」

そういえば秋一は、同窓会にも夏樹たちの結婚式にも来ていなかった。

久しぶりに会いたいとは思うけれど、そのグループで飲み会をするということは、夏樹も来るんじゃないだろうか。

「それって……夏樹も来る？」

『あー、あいつは呼ばないよ。今回は独身組だけにしようってことになったから。真里と高野と片瀬も来るよ』

懐かしい名前を聞いて、高校時代の楽しかった思い出が蘇る。大学時代は時々会っていたけれど、就職してからはそれぞれに忙しくて、あまり会っていない。

夏樹の結婚式の時は私は仕事だったから、みんなとは話す暇がなかった。

「そうなんだ。じゃあ……行こうかな」

『よし、幸は出席ってことでOKね。良かった、幸の休みに合わせろって秋一がうるさいから』

「そうなの？」

『うん。じゃあ来週の木曜日ね。場所と時間が決まったらまた連絡する』

「わかった」

電話を切ってコンビニ弁当を電子レンジに入れて温める。

部屋の中に、電子レンジがせっせと働く音だけが、やけに大きく響いた。

電話をするか部屋に人を呼ぶかしないと、話し相手もいなくて。

一人の時に聞こえてくるのは、外を走る車の音か、大声で話しながら通り過ぎる人たちの会話くらいで。

テレビでもつけるか音楽をかけるかしないと、静寂の音さえ聞こえて来そうで。

うん、一人暮らしってこんなものだよね。

夏樹がこの部屋に来なくなってからイヤというほど思い出したのに、ここ最近は恵介と一緒にいたから、そんなことも忘れかけていた。

温め終了の電子音が静かな部屋に鳴り響いた。電子レンジから弁当を取り出し、ダイニングの椅子に座って弁当の蓋を開けた。

お腹は空いているはずなのに食欲がない。

煮物の人参を口に放り込んだけれど、味がしない。焼き魚をかじってみても、天ぷらを食べてみても、それは同じだった。

ああ、そうか。味がしないというより、味気ないんだ。

機械的に御飯を口に入れて噛みしめる。

恵介と一緒に夕飯を食べるようになるまでは、何を食べてもこんなことはなかったのに。

私、恵介に甘やかされてダメになってる。こんなことじゃ、この先一人で生きていけない。

これ以上弱くなって一人で立っていられなくなる前に、恵介とのことはキッパリ終わらせよう。

好きだから一緒にいたい。だけどこれ以上傷付きたくない。

どんなに優しくされても恵介を疑ってしまうから、好きだと気付いた途端、一緒にいることがつらくなった。

なんの疑いもなく恵介の甘い嘘にずっと溺れていられたら良かったのに。

『やっぱ可愛いな、幸……』

私を甘やかす恵介の優しい声が耳の奥で響いた。テーブルの上で箸を握りしめる手の甲に、ポタリと滴が落ちる。

さっきまで味のしなかった弁当が、心なしかしょっぱく感じた。

ようやく食べ終えた弁当の容器をゴミ箱に捨てて、バレッタで束ねた髪をほどいた。明日も仕事だし、シャワーを済ませてさっさと寝てしまおう。

着替えを持って浴室に向かいかけた時、またスマホが鳴った。スマホは恵介からの着信を知らせている。

おそるおそる手に取り、通話ボタンをタップして、スマホを耳に押し当てた。

「はい……」

『もしもし……幸?』

恵介の声が私の耳に響く。

『もう帰ってる?』

「うん……」

『そうか、なら良かった。本当は幸が帰るまで家の前で待ってるつもりだったけど、急に上司から連絡があって会社に戻ることになって、俺も今家に帰ってきたところなんだ』

「うん……」

『会いたくて……幸からの連絡、ずっと待ってた』

「……うん」

琴音と夏樹を見返そうなんて馬鹿げたことはもうやめようと伝えなければと思っているのに、さっきから私は恵介に何を言われても「うん」と返事をするだけで精いっぱいだ。

そんな私の反応に困っているのか、もしかしたら苛立っているのか、電話越しに恵介の小さなため息が聞こえた。

『なんで連絡くれなかったの?』

本当のことなんて、何も言えない。これ以上何か話すと恵介が好きだと大声で叫んでしまいそうで、ぐっと唇を噛んだ。

『幸……言いたいことがあるなら言って。じゃないと俺、どうしていいか……』

「もうやめる」

恵介の言葉を遮って、その言葉は無意識に私の口からこぼれ落ちた。

『え?』

「もう会いたくない」

本当は会いたいのに、本心とは真逆のことを言った。だけどこれも本心だと思う。

『……幸が嫌がることはしないって約束したのに、俺があんなことしたから? それなら謝る。ホントにごめん』

……違う。恵介に触れられたのがイヤだったんじゃない。

「わからないならいい……」

『え……?』

「私たちがこんなこと続けても、意味なんか何もない。だから、恋人ごっこはもうやめる」

『幸、ちょっと待って。それって……』

「お世話になりました。ありがとう、富永さん。さよなら」

通話終了ボタンを押してスマホの電源を切った。涙があとからあとから溢れて、頬にいくつもの筋を作る。

これでおしまい。また元のように、知らない他人同士に戻るだけ。

恵介がどこで誰と何をしていようが、私には関係ない。だから疑ったり悩んだり落ち込んだりする必要もない。

「あーっ、スッキリした!!」

わざと大きな声でそう言って脱衣所に駆け込み、急いで服を脱いで頭から熱いシャワーを浴びた。

私は一人でも大丈夫。誰かが助けてくれなくても、一人で生きて行ける。

恵介がいなくても、私は一人で……。

「うっ……」

堪えていた嗚咽が漏れた。

シャワーから勢いよく放たれたお湯は溢れる涙を洗い流してくれるのに、私の泣き声まではかき消してはくれない。

恵介は私が泣いたら優しく抱きしめて頭を撫でてくれた。

『幸には幸の良さがあるんだから、自分を否定するようなことを言ったらダメだよ』

私を本気で好きじゃなくても、恵介はいつも私に優しかった。

一緒にいる時間が長くなるほど恵介を好きになって、思わせ振りな態度がつらかった。

「恵介……幸が好きだって……好きだから一緒にいたいって……言ってよ……恵介……」

恵介に届くことのない私の声は浴室に虚しく響いた後、湯気と共に跡形もなく消えた。


「二番テーブルのお客様、鰹（かつお）のたたきと生中一丁追加でーす!!」

「はい、喜んでーっ!!」

ざわついた店内に、威勢の良い店員の声が響き渡った。

忙しそうに店内を行ったり来たりする元気な店員たちをぼんやりと眺めていると、ポンと肩を叩かれた。

「幸、飲んでるか？」

声を掛けられて顔を上げると、秋一がジョッキを片手にニコニコ笑っていた。

しばらく会わない間にずいぶん大人っぽくなった気がする。年齢的には大人だからそれは当たり前なんだけど、昔の秋一は少し童顔で可愛らしかったから、大人の男になると変わるものだと感心した。

「うん、飲んでるよ」

秋一は空いていた私の隣に座った。さっきまで隣にいたはずの巴は、向かいの席で片瀬と恋愛論について盛り上がっているようだ。

「それにしても久しぶりだな。何年ぶりだ？」

「大学卒業する前に会って以来だから、六年半ぶりくらいかな」

「そうかぁ。もう二十九だもんな。道理でみんな老けるわけだ」

「老けた……？　大人になったってことにしとこうよ、そこは」

今日集まった同級生の中には、既に二十九歳の誕生日を迎えた者もいれば、かろうじて二十八歳の者もいる。秋一は前者だ。

人気者だった秋一は、学食で友達から誕生日を派手に祝われていたから、今でも秋一の誕生日は覚えている。五月生まれなのになんで秋一？　って、同級生からよくネタにされていた。

「私はまだ二十八なんだけどね。秋一はもう二十九になったんでしょ？　五月十二日だったっけ」

「よく覚えてんなぁ……。出張先のインドネシアで一人寂しく二十九歳の誕生日を迎えたよ」

「そうなんだ。じゃあ今日は誕生日の分もみんなに祝ってもらいなよ」

「だーっ、それより彼女に祝ってもらいてぇよ、俺は！　転勤とか海外出張ばっかりで、誰と付き合っても全然長続きしなかったんだよーっ‼」

そんなことを言いながらも、ちっとも悲壮感がない。相変わらず秋一は明るいな。

「でも本社に戻れたんでしょ？　これからいい出会いがあるんじゃない？　大手の企業だから、若くて可愛いＯＬとの社内恋愛とか……」

「うちの会社、社内恋愛禁止なんだよな。本社に戻って可愛い子がいても、恋愛はしちゃいけないの。このつらさ、わかる？」

秋一は大袈裟に肩を落とした。コミカルな動きに思わず笑ってしまう。

「わかんない。私の職場は女性しかいないから。男の人はお客さんと業者さんくらい」

男性のお客さんはこれから結婚を控えた新郎さんと、そのカップルの父親くらいだし、出入りしている業者さんも年配の既婚者ばかりだ。

「まさしく女の園だな……。羨ましい」

「秋一は男だから、私と同じ立場なら男オンリーの職場ってことになるね」

「やっぱ羨ましくない……」

昔も結構モテたはずなのに恋には不器用なのか、秋一に彼女がいるところを見たことがなかった。

秋一は誰と付き合っても長続きしなかったと言ったけれど、同じ場所に落ち着いて勤められるようになったのなら、すぐにいい人ができそうだ。

「幸は結婚式場で働いてるんだって？」

「うん、ブライダルサロンの主任やってる」

「へぇ、役職付きかぁ。すげぇじゃん」

「真面目だけが取り柄だからね」

「あー、幸は高校時代も真面目だったもんな。委員の仕事とか掃除当番とか、絶対サボらなかったし」

真面目だけが取り柄の私が、目立つメンバーばかりのこのグループにいたことは、今でも不思議でしょうがない。

地味で真面目であまり友達のいなかった私に秋一が積極的に声を掛けてくれて、クラスのみんなと自然に打ち解けることができた。

「高校卒業して何年だっけ」

「えーっと……十年か。もうそんなに経つんだ、早いね」

「幸はあんまり変わらないな」

「それ、けなしてるの？」

「違う違う！　むしろ誉めてんの！　見た目は大人っぽくなったよ？　変わってないのは中身のこと。ずっと純粋っていうか、すれてないっていうか」

ずっと純粋ですれてない……？　そんなこと言われたの初めてだ。

でもそれ、三十路を目前に控えた大人の女にとっては誉め言葉じゃないよ。子供っぽくて色気がないから結婚できないんだよって言われてる気がする。

「色気がなくて悪かったわねぇ……」

「えっ⁉　俺そんなこと言ってねぇよ⁉」

「言ったよ。それと同等の言葉を」

秋一は慌てふためいてオロオロしている。ちょっと意地悪だったかな。

「まぁ……変わってないって言われると嬉しい気もするし、だからダメなのかって気もするし、ちょっと複雑」

「何がダメかよくわからないんだけど……俺の中では誉め言葉。なんかホッとするじゃん？　俺は、高校時代と変わらず幸は可愛いって言いたかっただけなんだけどな」

こいつめ、私をおだててこの話題を終わらせようとしているな？　相変わらず調子いいんだから。

「秋一くんの目は節穴ですか？　高校時代と変わらないとか私が可愛いとか、有り得ないでしょ」

「いや、本気ですよ？　幸は昔から可愛い。今だから言うけど……じつは俺……高校時代、幸に片想いしてた」

「え……えぇーっ⁉」

「あの頃、幸は夏樹が好きだったじゃん？　フラれんのわかってたから、告白しなかった」

「えっ、私が夏樹のこと好きだったって、なんで知ってるの？　誰かから聞いた？」

「聞かないよ。幸見てて気付いただけ。他のやつを見てる目と、夏樹を見てる目が明らかに違ったから」

うわぁ……今更ながら恥ずかしい。私、そんなにわかりやすかったんだ。

「秋一が気付いたってことは……もしかして夏樹も？」

「あぁ、気付いてたな。だけど夏樹はあの時彼女がいたから、何も言わなかったんだろ」

「夏樹は昔からモテたもんね。常に可愛い彼女がいたし、私なんか眼中にないってわかってたから、告白しようとも思わなかった」

片想いでも、夏樹と一緒に笑っていられるだけで幸せだったな。

あの頃はまさか、大人になって夏樹とあんな関係になるなんて思いもしなかった。

「あのさ……俺は幸と夏樹が付き合ってたことも知らなかったんだけど……夏樹が幸を捨てて他の女と結婚したたって聞いてさ……」

秋一は少しためらいがちにそう言った。巴から聞かされたのかな。

だけどちょっと違うのは、私と夏樹が付き合っていたことになっているところだ。

「ああ……うん、付き合ってたわけじゃないんだ。私は好きだったけど、夏樹は私を好きじゃなかったし、私の部屋が便利な定宿にされてただけ。でもそれがどうかした？」

「それがどうかした？　って、他人事みたいに……。巴から少し聞いたけど、夏樹の結婚式の世話もしたって？　文句のひとつも言ってやったのか？　なんだったら俺が……」

友達思いの秋一らしい言葉だ。

高校時代に片瀬と高野がケンカして険悪になった時、秋一が間に入って仲直りさせたことを思い出した。

だけど私と夏樹は、学生のケンカとはわけが違う。

「そんなのいいってば。今更何言ってもしょうがないから。いつまでも終わったこと引きずりたくないし」

「そうか……。ごめん、余計なこと言って」

「ううん、心配してくれてありがとね」

秋一は険しい顔をしながらビールを飲んだ。

正義感の強い秋一にとって、私の言葉は腑に落ちないのかもしれない。

「一人で無理すんなよ。なんかあったらいつでも呼べよな、すぐ駆け付けるから」

「大袈裟だなぁ、秋一は……」

「あ、一人でって勝手に決めつけちゃったけど……余計なお世話だったか？　俺が心配しなくても、そばにいてくれる彼氏がいるとか……」

「……ううん、一人だけどね……。私は一人でも大丈夫だから」


　飲み会がお開きになり、みんなで居酒屋を出た。みんな明日も仕事があるし、もう遅い時間なので二次会はしなかった。

　居酒屋の前でバスに乗る片瀬と別れ、地下鉄の駅の前で巴と高野と真里と別れ、私と秋一は最寄りの駅まで一緒に歩いた。

　駅へ向かう道のりで、また飲みに行こうと秋一が言った。久しぶりにみんなに会えたのがよほど楽しかったんだな。

私もゆうべはずっと一人で泣いていたけれど、今日はみんなと会えて少し気が紛れた。

「私も久しぶりにみんなと会えて楽しかった。今度はもっとゆっくり飲みたいね」

私がそう言うと、秋一が立ち止まって私の方を見た。

「みんなと一緒もいいけど……今度は二人で食事にでも行かないか？」

秋一は少し照れくさそうに呟いた。

電車に乗り一人になると気が緩んだのか、先ほどよりほんの少し酔いが回ってきたように感じた。ドアのそばに立ち、手すりを握って体の重みを壁に預ける。

秋一、今度は二人で食事に行こうって言ってたな。私なんかと二人で会って面白いだろうか？

秋一が学生時代に私のことが好きだったのは意外だった。とはいえ、お互いに昔と今では違うし、思い出は思い出に過ぎない。

恵介とのことは、どれくらい経てば思い出に変わるだろう？

窓の外を流れていく夜の街の景色をぼんやりと眺めながら、ゆうべの出来事を思い出した。

差し出してくれた優しい手をはね除けたのは、私自身だ。

昨夜、残業を終えて夜遅くにマンションに戻ると、自宅のドアの前で恵介が待っていた。

その姿を目にした途端、心臓が壊れそうなほど大きな音をたてた。

思わず後ずさりしかけると、それに気付いた恵介は、足早に近付いてきて私の腕を摑んだ。手に持っていた部屋の鍵が、ガチャンと冷たい音を響かせて通路の床に落ちた。

「幸……！」

「もう会いたくないって言ったのに……」

「なんで急にそんなこと言うんだよ⁉」

「こんな遅い時間に大声出さないでよ……。近所迷惑になるから帰って」

わざと冷たい声でそう言った。恵介の目を見ることも、顔を上げることもできずうつむいていると、恵介は床に落ちた鍵を拾い上げて、私の手を強く引いて部屋へ向かった。

「だったら話は部屋の中でゆっくり聞く」

「痛いよ……離して……」

鍵を開けて玄関の中に入ると、恵介は私を抱きしめた。その力はとても強くて、私がどんなに力を振り絞っても逃れられなかった。

恵介のあたたかい腕の中にいると泣いてしまいそうで、私は必死になって体をよじった。

「お願い……もう離して……」

「なんで急に会いたくないなんて言うんだよ？　この間のことまだ怒ってるなら謝る。それとも……そんなに俺のこと嫌いになった?」

好きとか嫌いとか、最初からそんな関係じゃなかったはずだ。

「夏樹の身代わりなんかもう要らない。私がもう無理って思ったら、いつでも別れてOKって、言ったよね」

「え……?」

恵介が息を飲んだのがわかった。私はできるだけ表情を崩さないように、淡々とした口調で話を続けた。

「私はね……好きな人に好きになってもらいたいだけなの。そういう気持ちもないのに、体だけ求められるのもイヤ。恵介の理想の彼女のふりするのも、もう無理だから……」

胸が張り裂けそうに痛んだ。

好きだから一緒にいてとか、私を好きになってとか、そんなことを言う勇気はなかった。だからこれ以上好きにならなくて済むように、一分でも一秒でも早く別れた方がいい。

声が震えてしまわないようにグッとお腹に力を入れて、思いきって口を開いた。

「もう会いたくないの。別れて下さい」

恵介は一瞬目を見開いた後、私から手を離し、下を向いて首の後ろを押さえた。

「幸が本気で俺に惚れるように、思いっきり甘やかして優しくしたつもりだったんだけどな……。そっか……幸は俺といるの、そんなにイヤになっちゃったかぁ……」

そう言って恵介は少し自嘲気味に笑った。

「そこまで嫌われたら、もう一緒にはいられないな」

「……うん」

「ホントに一人で大丈夫か？」

「ありがとう。私は一人で大丈夫だから、心配しないで。それと……やっぱり髪飾りと化粧品のお金を払いたいの。私にはそんな高価な物を恵介からもらう理由がないから」

　恵介は少し悲しそうに目をそらした。

「いや、金はいい。お礼はしてもらったし、俺が勝手にやったことだしな。要らなければ捨ててくれてかまわない。嫌いな男にもらったものなんか持ってんのイヤだろ？」

　嫌いなんかじゃない。

　本当は大好きなのに。

　一緒にいたいのに。

「捨てるのはもったいないから……大事に使わせてもらう。ごめんね、たいしたお礼もできなくて」

「俺は嬉しかったよ、幸が俺のためにいろいろしてくれたこと。ホントに欲しかった物はもらえなかったけど……」

　ホントに欲しい物って……何？

　尋ねようとしたけれど、別れるんだから今それを知ってもしょうがない。気にはなったものの、グッとその言葉を飲み込んだ。

「嫌われたのは、調子に乗りすぎた俺が悪いしな。イヤな思いさせてごめん」

「……うん」

恵介はひとつため息をついて、私に背を向けた。

「じゃあ……帰るわ」

「うん……」

これでもう会うことはないんだと思うと、堪えていた涙がこぼれそうになって、慌てて下を向いた。

「幸……最後にお願いがあるんだけど」

「……何？」

振り返った恵介が、私の体を思い切り抱きしめた。

「おやすみのキス、してくれないか？　最後くらいは幸からして欲しい」

「えっ……」

そんなことをしたら、私はきっと気持ちが抑えきれなくなる。他に好きな人がいてもいいから、好きだから離さないでって、大声で泣いて叫んでしまうかもしれない。

何も言えずうつむいていると、恵介はゆっくりと私から手を離した。私の体から恵介の温もりが失われていく。

「……なんてな、冗談。ごめん、また変なこと言って。これ以上嫌われないうちに今度こそ帰るわ。じゃあ……おやすみ」

恵介が出ていって、静かにドアが閉まった。その途端、涙は堰を切ったようにとめどなく溢れてこぼれ落ちた。

私は恵介に他の人より好きになってもらえる自信がなくて、いつか私との恋人ごっこに飽きた恵介が離れていくのが怖くて、他の人と幸せになる姿を見たくなくて、自ら恵介と離れることを選んだ。

一緒に過ごした時間は短かったけれど、私は確かに恵介に恋をした。他の人の身代わりとか、暇潰しの恋人ごっこなんかで私に触れて欲しくないと思うくらい、恵介のすべてを独占したかった。

恵介は嘘でも私を好きだとは一度も言わなかった。

「恵介……好き……大好き……」

どんなに泣いても、恵介と一緒に過ごした時間はもう戻らない。自ら手放してしまった恵介の温もりを惜しむように、私は自分の肩をギュッと抱きしめた。

飲み会から部屋に帰り着くと、シャワーを浴びて、ベッドの上に寝転んだ。

一人暮らしの住み慣れたはずの部屋がやけに広く感じるのは、つい何日か前までこの部屋で恵介と過ごしていたからだろう。

付き合い始めてからほとんど毎日、仕事の後に二人で食事をして、後片付けをして、コーヒーを飲みながら他愛ない話をして笑った。

恵介の事を思い出すと、目頭が熱くなって視界がぼやけた。泣いてもしょうがないとわかっていても、まだ別れたばかりで、気持ちはまったく前に進めていない。

もう会えないし、もう会わないと決めたのは私なのに、今日もドアの前で恵介が待っているんじゃないかと、ありもしないことへの期待で胸が高鳴った。

もちろんそこには恵介どころか、犬や猫の一匹さえも待っていない。

一人でいるのって、こんなに寂しかったんだ。恵介と出会う前は、こんな寂しさを知らなかった。

寝返りを打ってため息をついたら、また涙がこぼれ落ちた。

フラれるってわかっていても、好きだってちゃんと言えば良かったのかな。だけどこんなことを考えたって、今更遅すぎる。

夏樹にも一度も気持ちを伝えなかった。そして恵介には好きなのに嫌いだと言って、もう会いたくないと嘘をついた。

どうして私はいつも素直になれないんだろう。

昔も今も、何も起こらないうちから傷付くのを怖れて、先回りして逃げ出して、後悔ばかりしている。ちっとも成長しないな、私は。

昔と全然変わってないっていう秋一の言葉は、あながち間違いじゃないのかもしれない。

6　彼女の告白と忘れられない想い

恵介と別れてからすぐにブライダルフェアが始まり、そのままブライダルシーズンに突入した。

泣いている暇もないほど毎日が忙しく、遅くまで残業して部屋に帰ると、機械的に食事と入浴を済ませて眠りについた。休みの日は昼過ぎまで眠り、目が覚めると必要以上に部屋の掃除をしたり、やたら難しい料理を作ってみたり、書店で大量に買い込んだ小説を読みふけったりした。

とにかく余計なことを考えないように必死だった。それでも時々、ふとした瞬間に恵介の言葉や優しい笑顔を思い出して涙が溢(あふ)れた。

いい加減、一人でいることに慣れなくちゃ。私は一人でも大丈夫って、恵介に言ったんだから。何度も何度も、自分にそう言い聞かせながら涙を拭った。

そんな毎日を送っているうちに、気が付けば恵介と別れてから二か月が過ぎていた。

今頃恵介はどうしているだろう？　私と過ごしたほんのわずかな時間のことなんか、忘れちゃったかな。もしかしたら理想通りの素敵な彼女がすでにいたりして。

結局私は、恵介と今も会っているのか琴音に聞かなかった。それを知ってもどうにもならないし、余計な揉め事に首を突っ込みたくはない。琴音は家事にも少しずつ慣れてきて、夏樹ともうまくやっているようだ。


一日中、挙式予約がいっぱいに詰まっていた日曜日の夜。

ようやく仕事を終えて更衣室に向かうと、一足先に事務所を出た琴音が着替えていた。

「幸、お疲れ様」

「お疲れ様。今週も忙しかったね」

「ねーっ、一週間長かった！」

着替えを終えた琴音はバッグから化粧ポーチを取り出し、覗き込んだ鏡越しに私を見て話し掛ける。

「明日は休館日だね。幸は何か予定ある？」

「ないない、そんなもの。強いていえば、ゆっくり体を休めることくらい」

制服を脱いでハンガーに掛けていると、琴音が振り返って私の体をじっと見た。モデル並みのスタイルを誇る琴音と違って、私はスタイルに自信がない。キャミソールを着ているとはいえ、いくら女同士でもこんな姿をじっくり眺められると恥ずかしい。

「何……？」

「幸、かなり痩せた？」

「……言われてみればそうかも」

　ここ最近食欲もなかったし、忙しさにかまけてまともな食事をしていない。

　恵介と一緒に夕飯を食べていた時はいつもきちんと食事の支度をしていたけれど、恵介と別れてからは、せいぜいコンビニ弁当とかおにぎりとか、ひどい時は食べるのも面倒で食事を抜いたりしていた。

「ダイエットとかじゃないよね？」

「うーん……最近食事をおろそかにしてたから。疲れてると面倒だし食欲なくて、つい」

「体に良くないよぉ。疲れてる時こそちゃんと食べないと、体もたないからね？」

「うん……まぁ、そうだね。気を付ける」

　スカートのホックを留めながら、なんとなく琴音の手元を見た。琴音は私が恵介に買ってもらった物と色違いの口紅を手にしている。

「その口紅……」

「ん？　ああ、これね。綺麗(きれい)な色でしょ？」

「うん……すごく綺麗」

　きっと恵介に買ってもらったんだな。

　恵介に買ってもらった化粧品も髪飾りも、あの日からずっとクローゼットの中で眠ったままだ。大事に使うと恵介に言ったのに、手に取ると泣いてしまいそうで、目に触れないように紙袋にしまって、クローゼットに封印した。

これがホントの宝の持ち腐れだな。そう思いながらロッカーを閉めた。

「そうだ。幸にお願いがあるんだけど」

「うん、何？」

「明日、うちに来てくれる？　料理教えて欲しいの」

琴音は何もできないし、しようともしないと恵介は言っていたけれど、琴音なりに頑張っているらしい。同じ歳の同期なのになんとなく、少しずつ成長していく妹を見ているような気分だ。

昼間なら夏樹に会うこともなさそうだし、せっかく琴音がやる気になってるんだから、微力ながら協力するとしよう。

「簡単なものなら教えられるけど……何作りたいの？」

「肉じゃがと唐揚げ」

夏樹が食べたいって言ったのかな？　確か夏樹は、肉じゃがはあまり好きではなかったはずだけど。

「それくらいの料理なら、本とかネットで調べたら自分でできそうだけど」

「やってみたけどダメだったから幸に頼んでるの！　ね、お願い!!」

「まぁ、いいけど。何時頃に行けばいい？」

「幸、うち来るの初めてだよね。じゃあ、駅まで迎えに行くよ。それから一緒にスーパーに買い物に行こう」

十一時に琴音の家の最寄り駅で待ち合わせをして、駅前で別れた。

電車に揺られ窓の外を眺めながら、恵介とスーパーに買い物に行った日のことを思い出した。

恵介と手を繋いで買い物したな……。私の作った料理を美味しそうに食べてくれたっけ。

一緒にスーパーで買い物したのも、恵介の部屋で料理をしたのも、あれが最初で最後だった。

バカだな、私は。恵介と一緒にいられたら、それだけで良かったのに。好きになるとどんどん欲張りになって、恵介のすべてを独占したくて。

今更どうしようもないけれど、フラれたとしてもせめて自分の気持ちを素直に伝えれば良かった。それだけが心残りだ。

こぼれ落ちそうになる涙を、慌ててハンカチで押さえた。

どんなに泣いても、あの優しい手はもう、私を抱きしめてはくれない。そんなことはわかっているのに、どうしようもなく恵介が恋しい。

翌朝、久しぶりに泣き腫らしたまぶたを冷やして、出掛ける支度をした。

仕事が少し落ち着いて緊張の糸が切れたのか、ゆうべは恵介のことばかり考えて涙が止まらなかった。

ようやく眠りについたのは明け方。あまり眠れなかったけれど、琴音と約束をしたので少し無理をして起き上がった。

まぶたを冷やしながらコーヒーを飲んでいると、スマホがトークメッセージの受信を知らせた。琴音かなと思ったけれど予想は外れて、メッセージは秋一からだった。

【今夜会える？　食事でもどうかな】

同級生のみんなと飲み会をしてから秋一はたびたび連絡をくれて、私の仕事が休みの日の夜に何度か会って食事をした。

二人で会っても、会話の中身は仕事のことや他愛もない世間話ばかり。秋一は私が今も夏樹のことで落ち込んでいると思っているようで、きっと心配して寂しくないように誘ってくれるんだと思う。

今日は仕事は休みだ。琴音との約束は昼間だし、夜なら時間もある。

最近は忙しくて続けて断っていたので、秋一の仕事が終わる時間に合わせて会う約束をした。

約束の時間より十分早く待ち合わせの場所に着いた。琴音はまだ来ていない。

ぼんやりと街並みを眺めながら、琴音が料理を教えて欲しいと言うなんて意外だなと考える。以前は私の部屋に遊びに来ても、あれが食べたいとかこれ作ってとか、自分では作ろうともしなかったのに。よほど夏樹に手料理を食べさせたいのかな？

好きな人のために料理を作るのは楽しいもんね。それは私にもよくわかる。

そういえば肉じゃがと唐揚げは、恵介も好きだと言っていた。肉じゃが、恵介にも作ってあげたかったな。


待ち合わせの時間よりほんの少し遅れて琴音がやって来た。出掛けにしつこいセールスマンが来て、追い返すのに手間取ったらしい。

駅のそばのスーパーで材料を買って、琴音の新居にお邪魔した。思っていたより片付いているというか、新婚にしては物が少ない。

片付けるのが苦手なことを見越してのことなのかも。誰かがアドバイスでもしたのかな？

コーヒーでも淹れようかと琴音は言ったけれど、一度落ち着くと腰が重くなってしまいそうだから、早速キッチンで料理に取りかかることにした。

それにしても、琴音はやけにたくさんの材料を買い込んでいる。慣れていないから分量がわからないのか、それとも多めに作るつもりなのか。

琴音はキッチンに立つと、肉じゃがを作る鍋をふたつ用意した。

「ねぇ、なんでふたつなの？」

「こっちは私が作る鍋。私はうちの夕飯用に作るから、幸にはその鍋で別に作ってもらいたいの」

「まぁ、いいけど……」

「じゃあ早速始めよう。お願いします、幸先生」

「先生って……。大袈裟だなぁ……」

それから私は、琴音に肉じゃがと唐揚げの作り方を教えた。

不器用なりに琴音は一生懸命頑張った。見た目は少し不格好だけど味は上出来だ。夏樹もきっと喜ぶだろう。

私が作ったチャーハンと琴音が作った唐揚げで遅めの昼食を済ませた。

食後は台所の後片付けを済ませて一緒にコーヒーを飲んだ。猫舌の琴音は冷たいミルクをたっぷり注いだカフェオレをスプーンでグルグルかき混ぜながら、おもむろに口を開いた。

「あのさ、ずっと言いそびれてたんだけど」

「うん、何？」

「前に幸の部屋で、夏樹と恵介も一緒に御飯食べたでしょ？」

急に何を言い出すのか。驚いてむせそうになりながら、必死で平静を装った。

「ああ、うん。あったね、そんなこと」

「終電逃した時は会社の近くに住んでる友達が泊めてくれるって、夏樹から聞いてたんだけど……浮気してるんじゃないかって、ずっと気になってた」

「……うん」

　やっぱり、あの時には二人はもう付き合ってたんだ。それなのに、お互い知らないふりをしていたのはどうしてだろう？

「たまたま幸の部屋に遊びに行ったら夏樹が来て、すぐにピンときたんだ。いつも泊めてもらってるのは幸の部屋なんだって。幸の前でケンカしたくなかったから、初対面のふりした」

「そうなんだ……」

「後で夏樹を問い詰めたら、私と付き合う前から幸の部屋に泊めてもらってたって。私と付き合うまでは、それだけの関係じゃなかったってことも聞いた」

「……うん」

　琴音は全部知っていたんだ。それなのに私には何も言わなかった。

「だから、もう幸とは会わないって約束させて、私と結婚したら全部許すって言ったの。夏樹だって奥さんにするなら家事とか何もできない私より、しっかりしててなんでもできる幸の方がいいと思ってるのはわかってたんだけど、どうしても夏樹を幸に取られたくなかったから」

夏樹は私を奥さんにしたいなんて思っていなかっただろうけど、美人でモテる琴音でも、そんな風に自信のない弱気なところもあるのだと初めて知った。

「幸にも夏樹は私のものだってわかって欲しくて、挙式の担当してって頼んだ。幸が夏樹を好きなのわかってたのに、ごめんね」

「うん、そっか……」

琴音も夏樹と私の関係を知って苦しんだんだな。それでも一緒になりたいと思うくらい、琴音は夏樹が好きだったんだ。

最後に夏樹が私の部屋に来た夜のことは、琴音には言わないでおこう。

「なんか……それ聞いてスッキリした」

「怒ってないの？」

「そういうのはもう通り越したよ。夏樹は琴音が好きだから結婚したんでしょ。私には好きとか付き合おうとか、一度も言ってくれなかったもん。私が二人の挙式を担当したんだし、二人が幸せなら、もうそれで言うことないよ」

やっと肩の荷が下りたというか、琴音が全部話してくれたおかげで、ようやく夏樹の呪縛から解き放たれた気がする。

不思議な話だけど、私が思っていたよりずっと、琴音が夏樹を好きなんだとわかって良かったと思うし、安心もした。

「私は何も知らなかったから、琴音は恵介さんと付き合ってると思ってたんだけど……」

「えっ？　私が恵介と⁉」

　琴音は驚いた顔をした後、急に笑い始めた。

「それはあり得ないよ、幸」

「なんで？　七年近くも付き合ってたって聞いたんだけど……」

　琴音はお腹を抱えて涙を流して笑っている。

　なんでそんなに笑ってるの？　付き合ってたと思ってたのは恵介だけってこと？　それはそれで笑えないよ‼

「恵介とは付き合わないし、付き合えないよ」

「えっ？」

　どういうこと⁉　何がなんだか、さっぱりわけがわからない。

「確かに、就職して実家を出てから七年近く、いろいろ面倒掛けたけど……。聞いたってことは、それ恵介から聞いたんだよね？」

「うん」

　私と恵介が付き合っていたことは伏せて、琴音たちの結婚式の二日後に、恵介が心配してサロンに来たことだけを話すと、琴音は妙に納得した顔をした。

「ホントにバカだなぁ、恵介は」

「あの……全然わからないから、ちゃんと説明してくれる？」

「なんでそんな嘘ついたんだろうね？　本人に聞いて確かめてみる？」

それができれば苦労はしない。琴音が話してくれないと、私はきっとモヤモヤして眠れなくなる。

「四人で御飯食べた時、恵介は最初から呼ぶつもりだったんだけど、急に夏樹が来て気が動転してたから幸に言うの忘れてたかな？」

「だから……何を？」

琴音はカフェオレを一口飲んで、ニヤリと笑った。

「恵介と夏樹、大学時代からの友達なんだよ。同じカフェでバイトしてたんだって」

「えっ、そうなの？」

言い忘れてたってそれか！　まさかそこが繋がるとは！

「恵介が就職してしばらくは会ってなかったみたいだけど、三年くらい前に駅で偶然会って、それからまた一緒に飲みに行ったりするようになったって」

恵介は夏樹と友達だなんて、私には一言も言わなかった。なんで隠してたんだろう？

「二年くらい前に私が恵介の部屋に行ったら、たまたま夏樹が遊びに来てて、そこで私は夏樹と知り合ったんだ」

「友人を介して知り合ったって……それ？　じゃあ、なんで結婚式に呼ばなかったの？　っていうか、なんで恵介さんに黙って結婚したの？」

新郎新婦の共通の友人で、二人が結ばれるきっかけになった人なら尚更、結婚式に招待しないのはおかしい。出席できないような、よほどの理由が恵介側にあったのかな？

「恵介はずっと、私と夏樹が付き合うのも、もちろん結婚するのも反対だったからさ。あいつは女癖悪いからやめとけって。だから強行突破した。恵介の出張中だったのは偶然だけどね」

恵介が結婚に反対してた？　早く誰かが琴音を引き受けてくれたら……みたいなこと、言ってなかったっけ？

なんかすごい違和感。それに単なる友人にそんな発言権とか影響力があるっておかしくない？

「あの時、何も知らなかったのは私だけってこと？」

「うん。夏樹が来たのは計算外だった」

最初から恵介を呼ぶつもりだったと琴音はさっきも言っていたけれど、恵介を私に紹介するつもりだったのかな？

「あの時は夏樹のせいで、恵介のことちゃんと紹介できなかったね」

「紹介って……どうして私に恵介さんを紹介しようと思ったの？」

私が尋ねると、琴音は壁時計を見上げた。時計の針は五時を指そうとしている。

「わ、もうこんな時間だ。もうすぐ夏樹が帰ってくる！」

「えっ、そんなに帰り早いの⁉」

「うん、今日は朝が早かったから帰りも早いの。寄り道せずに帰って来いって言ってある」

どうやら琴音は〝かかぁ天下〟というやつらしい。でも夏樹にはそれくらいがちょうどいいのかも。

「話の続き、どうする？」

　夏樹と会っても今更なんとも思わないけど、会わなくて済むならお互いにその方がいいはず。琴音だってそれは同じだろう。

「私もこの後約束があるし、また今度でいい」

「そう？　じゃあ話の続きは……そうだ、こんな話会社でするのもなんだし、またゆっくり遊びに来てよ」

「うん、そうする」

　恵介のことはすごく気になるけれど、そろそろお暇することにした。

「駅までの道、わかる？　車で送ろうか？」

「大丈夫、わかると思う。車、買ったの？」

　夏樹は車なんか持っていなかったはずだ。結婚を機に買ったのかな？

「結婚前にね。ショールームで可愛い軽に一目惚れして、現金一括払いで買ったの、私が」

　車を衝動買いするなんて、やっぱり浪費家？　いや、現金で一括払いができたんだから、それなりの貯蓄はしているのかも？

　琴音もいろいろ不思議なところがある。私の知らない一面がまだまだありそうだ。

　琴音の家を出て駅までの道のりを歩きながら、琴音の話を振り返った。

要約すると、恵介と夏樹は学生時代からの友達で、琴音と夏樹は恵介を介して知り合ったということ。琴音は確かに恵介にずいぶん世話になっていたようだけど、付き合ってはいなかったということ。そして恵介が琴音と夏樹の結婚に反対していたこと。

結局、琴音と恵介の関係って……なんだ？　琴音が私と恵介を会わせたかったのはどうしてだろう？

モヤモヤしながら電車に乗って、秋一との待ち合わせ場所へ向かった。

電車を降りた時、誰かが私の肩を叩いた。振り返るとそれは秋一で、同じ電車に乗っていたらしい。

一緒にホームを歩いて改札口に向かっていると、『三番線に電車がまいります』とアナウンスが流れ、なんとなく反対側のホームを見た。その瞬間、私は息を止めて目を見開き立ち止まる。

反対側のホームには、二か月ぶりに見る恵介の姿があった。恵介は隣にいる綺麗な女性と会話をしている。

立ち尽くす私の方に恵介が視線を向けた。恵介と確かに目が合った。

「恵介……」

とても恵介には届かない、小さな掠れた声で名前を呼んだ。恵介の口元が小さく動く。

「幸、急にそんなところで立ち止まったら危ないって」

隣にいたはずの私がそばにいないことに気付いた秋一が後ろを振り返り、急いで駆け寄ってきて私の腕を掴んだ。秋一に腕を掴まれて我に返った瞬間、向かいのホームに電車が滑り込んだ。

「どうした？　知り合いでもいた？」

「……ううん、人違いだった」

「そっか。じゃあ行こう」

「うん」

電車が発車してホームを後にすると、当然恵介の姿もそこにはなかった。

恵介……綺麗な人と一緒だったな。もしそれが彼女だったとしても、私には何も言う権利はない。

目が合ったあの時、恵介が何を呟いたのかはわからないけれど、この先それを確かめることはないだろう。


それから駅の近くの居酒屋に入り、料理を適当につまみながらビールを飲んだ。

秋一は本社に戻ってもやはり出張が多いらしい。最近ようやく職場の人たち全員の顔と名前を覚えたそうだ。

私もブライダルシーズンでずっと忙しかったことを話した。

「結婚式の準備って、やっぱり大変なのかな？　よく雑誌とかで見るじゃん。準備期間に揉めたとか」

「まぁ……なくはないよ。それをいかにうまくまとめるかが私たちの仕事」

「なるほど。幸も頑張ってんだな」

いつもはどうでもいい世間話をすることが多いのに、今日の秋一は興味津々な様子で、同世代のサラリーマンの平均的な結婚式の規模や資金、準備期間など、結婚式についていろいろ尋ねてきた。

結婚願望が強いのかな？　独身の男同士ではあまりこういう話はできないのかも。

「やけに興味があるんだね。結婚考えてる人でもいるの？」

枝豆をつまみながらなんとなく尋ねると、秋一は少し赤い顔をしてビールを一気に飲み干した。

「じつは……結婚したいと思う人がいる」

二か月前には彼女が欲しいなんて言っていたのに、もう結婚したいと思うような人が見つかったんだ。だから結婚についてあれこれ聞きたくて、何度も私を食事に誘ったんだな。どうせなら私よりその子を誘えばいいのに。

「へぇ、そうなんだ。もしかしてもうプロポーズしたの？」

「いや……プロポーズどころか、まだ告白もしてない」

「えっ、それなのにもう結婚のこと考えてるの⁉　ずいぶん気が早いんだね」

枝豆の殻を殻入れの皿に乗せて、おしぼりで手を拭いた。

秋一は店員を呼び止めてビールのおかわりを注文した。そして運ばれてきたビールを受け取るとまた勢いよくビールを煽り、思いきったように口を開いた。

「あのさ。俺、結婚……したいんだ」

「うん、でもまずは告白しないとね」

「幸が好きです。結婚してください」

は……？　幸が好き……？　結婚したいって……私と⁉

やっと秋一の言葉の意味がわかって、頭の中がパニックを起こした。

「えっ……ちょっと待って、いきなり結婚って……一体なんの冗談？」

「冗談じゃなくて本気だよ。俺は幸が好きだから結婚したい」

秋一が冗談を言っているとは思えない。私の目をまっすぐに見つめている。

「どうせ結婚するなら、結婚前提に付き合うより早く結婚したいんだ。だから結婚しよう」

「いや……いきなりそんなこと言われても……」

付き合っているわけでもないし、そんなこと突然言われても〝ハイわかりました〟と簡単に返事ができるわけがない。

秋一の勇み足はひどすぎる。〝位置について〟の掛け声も聞かないうちにスタートダッシュしているようなものだ。

「あの……ちょっと落ち着いてよく考えよう。結婚って一生を左右することだよ？」

「一生を左右することだから、俺は幸がいいんだ。幸は俺とじゃイヤか？」

「だからそれは……」

　ダメだ、話にならない。いくらなんでも、この場で即決はできない。

「そう言ってくれるのは嬉しいけど、秋一にそんなこと言われるとは思ってなかったし……せめて私にも考える時間をください」

「考える時間があると、大方は悪い返事される。だからその場で決めさせる。営業の鉄則だ」

　秋一は営業マンなのか？　いや、確か商品管理部にいるとか言ってなかったっけ？

「それとこれとは別でしょ？」

「同じだと思うけど」

　恋愛から遠ざかりすぎてちょっとずれてる⁉　だけどどちらにしても、この場で何かしら返事をしないと、この話は終わりそうもない。

「だったらこの話はお断りします」

「えぇっ……」

　秋一はすがるような目で私を見た。

「そんな大事なこと、勢いだけでＯＫできないもん。私にとっても結婚は人生の一大事だからね。現実的にちゃんと考えたい」

「そうか……。じゃあ、これを機に俺との結婚を真剣に考えて。返事はそれからでいい……けど、できるだけ早く、いい返事を待ってます」

　これも営業トーク？　見掛けによらず押しが強い。かなり強気のクロージングだ。

私にもこれくらい自信があれば、後悔ばかりしなくて済んだのかもしれない。

居酒屋を出てから駅までの道のりで、秋一は私の手をそっと握った。私が驚いて手を引っ込めようとすると、秋一はその手をギュッと強く握り直した。

「急にあんなこと言って信じてないかもしれないけど……俺は本気だよ。本気で幸が好きだ」

「……うん、ありがとう」

秋一のことを恋愛とか結婚の対象と思ったことがなかったから、改めて言われると今頃になって戸惑ってしまう。でも秋一が真剣に私を想ってくれているなら、私も真剣に考えないと申し訳ない。

「ここ最近いろいろあったからね……まだ気持ちの整理がつかないんだ。だから答えを出すのに少し時間が掛かるかもしれないけど、ちゃんと真剣に考えてみる」

秋一はふぅっと大きく息をついた。

「わかった。また誘ってもいいか?」

「うん」

「じゃあ、また連絡する」

駅の改札口を通り過ぎたところで秋一と別れた。電車に乗って、窓の外を流れる夜の景色を見ながら考える。

いきなり結婚してと言われるとは思わなかった。それに面と向かって好きだと言われたのは、生まれて初めてだった。

私を好きだと言ってくれる人なんて、今後また現れるかどうかわからない。もうすぐ二十九歳、結婚とか将来のことも気になる。

あの時結婚していたら良かったと後悔しながら、独りで朽ちて行く自分を想像するのは、正直怖い。このまま年老いても今と同じように〝私は一人でも大丈夫〟と言えるだろうか？


翌日、仕事の合間に事務所でコーヒーを飲んでいると、琴音がコーヒーを注いだカップを持って隣に座った。

「幸、昨日はありがとう」

「どういたしまして。夏樹はなんて言ってた？」

「美味しいって初めて言われたよ」

「良かったじゃない。料理なんて慣れだよ。毎日続けてたらすぐに上手になるからね」

そういえば、琴音が作った肉じゃがを夕飯にすると言っていたけれど、私が作った肉じゃがはどうしたんだろう？

尋ねようとした時、来客があり琴音は事務所を出た。

その後はお互いに担当カップルの打ち合わせが続き、仕事を終えた時間もバラバラで、琴音とゆっくり話す暇はなかった。

肉じゃがのこと、聞きそびれたな。また時間がある時にでも聞いてみよう。


その夜、明日の夜一緒に食事をしないかと秋一からメッセージが届いたけれど、明日の勤務は閉館時間までなので、仕事で遅くなるからごめんと断った。

何も答えの出せない今はまだ、返事を急かされるかもしれないと思うと、会うのは少し気が重い。

あれから私なりに秋一との結婚について考えてみた。

秋一は明るく前向きでいい人だし、勤め先は大手企業で将来性もある。私のことを好きだと言ってくれているし、結婚すればそれなりにうまく行くような気はする。

だけどやっぱりピンと来ない。どんなに私にとっての好条件を並べてみても、何かが足りない気がする。

贅沢（ぜいたく）すぎるかな？　こんないい話は二度とないかもしれないのに。

それでも踏み切れないのは……やっぱりまだ私の気持ちが、恵介と一緒にいた頃から一歩も前に進めていないからだ。

離れてしまえばこれ以上好きにならなくて済むと思っていたのに、私の気持ちは消えるどころかどんどん大きくなっていく。自分勝手な私の、どうにもならない片想いだ。

駅のホームで恵介と目が合った瞬間、すべてが止まったように辺りの喧騒(けんそう)が遠退いた。手を伸ばせば届くんじゃないかと思わず手を伸ばそうとしたけれど、現実に引き戻された途端、それは錯覚でしかないと思い知った。

不透明な未来への不安と、幸せだった過去の幻の狭間で、前に進むことも後戻りすることもできない臆病な私の心が、誰にも聞こえない掠れた声で悲鳴をあげている。


二日後の夜。仕事が終わってから、秋一と一緒に居酒屋でビールを飲みながら食事をした。秋一がいつになくソワソワしているのが伝わってきて、少し気まずかった。

今の私は秋一の期待には添えないのに、このまま返事を先延ばしにしてもいいものなのか。それとも恵介のことは忘れて、秋一との結婚を前向きに考えるべきなのか。

本当はもう答えは出ている。どうするのが今後の私のためなのかわかっているから、ちゃんと返事をしようと思う。迷いがないと言えば嘘になるけれど、決断してしまえばその迷いも払拭できるはずだ。

二時間ほどして居酒屋を出た。いろいろ考えていたせいか、どうやら少し飲みすぎてしまったらしい。

顔が熱い。足元がほんの少しふらつく。

「このまま帰るのは危ないな。ちょっと酔いが醒めるまでその辺に座って休むか」

「ごめん……そうする」

秋一は辺りを見回し、少し先のベンチへ向かって私の手を引いて歩き出した。秋一に握られた手の感触に触発されて、初めて手を繋いで歩いた時の恵介の言葉が脳裏を掠めた。

〝手ぐらい繋ごうよ、恋人同士なんだし〟

〝俺が幸を独り占めしてるって感じでなんかいいね〟

今、私の手を握っているのは恵介じゃない。

胸が痛い。恵介のことはもう忘れようって決めたのに。

「ここで座って待ってて。そこの店で何か買ってくる」

「うん……」

すぐ近くのアイスクリームショップへ向かう秋一の背中を眺めながら、本当にこのまま秋一との結婚を決めていいのかと迷いが生じた。

秋一のことはきっと、一緒にいる時間が長くなれば好きになれるだろう。愛されて求められることも、それに応えることも幸せなんだと思う。だけど私はそれを本当に求めているだろうか？

「お待たせ」

店から戻ってきた秋一が、アイスクリームの入ったカップを差し出した。カップの中にはピンク色のアイスが盛られ、ウエハースが添えられている。

「イチゴのアイス……？」

「イチゴ味好きだったよな？　昔、学校帰りにみんなでアイス食べに行った時、幸はいつもイチゴ味だったの思い出した」

「……うん。そんな昔のこと、よく覚えてたね」

「そりゃ覚えてるよ。あの時も幸が好きだったし」

秋一は少し照れくさそうに言って、私の隣に腰を下ろした。

「ほら、食べな」

「ありがとう」

スプーンでイチゴのアイスをすくって口に運ぶ。

イチゴの果肉は赤くて少し酸っぱくて、アイスの甘さがそれをまろやかにしてくれる。

秋一がイチゴのアイスを見て昔の私を思い出したように、私は恵介と一緒にイチゴのアイスを食べたことを思い出した。忘れようと思うほど、私の心には今も間違いなく恵介がいるということを思い知らされる。

スプーンを持つ手が止まる。

「幸、どうした？」

うつむく私の顔を秋一が心配そうに覗き込んだ。

「うん……大丈夫……。なんでもない」

まっすぐな視線から逃れようと目をそらすと、秋一が私の頬を両手で包み込んだ。

「顔、熱いな」

「あの……ホントに大丈夫だから……」

離して、と言おうとした次の瞬間、私の唇は秋一の唇に塞がれていた。

秋一のキスはとても優しいのに、私の心は粉々に砕けそうなほど軋んだ音をたてた。胸が痛くて、どうしようもなく苦しくて、涙が溢れた。

こぼれ落ちた涙が秋一の指先を濡らす。

「……幸？」

私が泣いていることに気付いた秋一が、慌てて手を離した。

「秋一……ごめん。やっぱり私、秋一とは結婚できない……」

あとからあとから溢れる涙を手の甲で拭った。

「なんで……？」

「好きな人がいる……。もうどうにもならなくても、どうしようもないくらい好きで忘れられない……」

秋一はポケットからハンカチを取り出して、優しく私の涙を拭いてくれた。

「どうにもならないのに……？　俺じゃダメか？」

「この先もし秋一といても、私はその人を忘れられないと思う。誰もその人の代わりにはなれないし、秋一をその人の代わりにはしたくないの」

今の私の正直な気持ちを伝えると、秋一は大きなため息をついた。

「幸の気持ちが俺に向くまで待つって言っても？」

「……ごめん。気持ちは嬉しいけど……後悔したくないんだ」

「そうか……。俺も昔みたいに後悔したくないから、幸に好きだって言った。だから、フラれたけど後悔はしてない」

秋一は少し笑って、私の背中をポンポンと軽く叩いた。

「幸も後悔したくないなら、その人にちゃんと気持ち伝えろよ。それでもしダメでも、少しは前に進めるはずだから」

「うん……ありがとう」


好きだと言ってくれたから私も好きになろうなんて間違ってた。

愛されて求められることも、それに応えることも、確かに幸せなのかもしれない。だけどやっぱりそれは、私の思う幸せとは違う。私はずっと、好きな人に愛されることを望んでいたはずだ。

私は恵介に愛されたいんだ。


翌日、金曜日の夜。私はいつもの居酒屋で巴と会っていた。

夕べ遅くに巴から電話があって、仕事の後で飲みに行こうと誘われたからだ。ちょうど仕事が終わる時間も早かったし、久しぶりに二人だけで飲むことにした。

飲み始めてすぐ、巴はほんの少し神妙な顔をしてタバコに火をつけた。

「昨日の夜、秋一から電話があった」

「秋一から？」

「プロポーズ、断ったんだって？」

「……うん」

巴は同級生のみんなと飲み会をした後からずっと、秋一から相談を受けていたそうだ。

「秋一は昔も幸のことが好きだったもんね。あの頃もよく愚痴聞かされたな。なんで彼女のいる夏樹がいいんだろうって。俺の方が幸のこと好きなのにって、いつも言ってた」

「そうなの？」

「それを聞きながら、なんでアンタは、アンタを好きな私の気持ちに気付かないのって思ってた」

……巴は秋一が好きだったのか。全然気付かなかった。

「今となってはそれも昔の話だけどね。それで……なんで断った？」

「秋一から聞かなかったの？」

「どうにもならないけど好きな人がいるんだっけ？」

巴はジョッキをグイッと傾けてビールを飲んだ。タバコは煙を漂わせながら、灰皿の中でだんだん短くなっていく。

「もしかしてそれ、夏樹のこと？」

「違うよ。夏樹のことはもう、私の中では終わってる。夏樹の嫁とも仲良くやってるし」

「そうなんだ。じゃあ、忘れられない人って？　私、聞いてないんだけど」

巴がそう言うのは当然だ。付き合った経緯が特殊だったから、恵介のことは誰にも話していない。恵介と付き合っている時は毎日恵介と一緒だったから、巴と会っていなかった。

「秋一ほどの優良物件を袖にするくらい好きなんでしょ。ちゃんと話して」

「うん……ちょっとね……出会い方が普通じゃなかったんだ」

それから私は、恵介と知り合った経緯を順を追って巴に話した。

〝夏樹の代わりに〟と言われて一夜を共にしたことや、夏樹と琴音へのささやかな仕返しを企てて付き合い始めたこと。

夏樹が私にしてくれなかったいろんなことを、恵介が夏樹の代わりにしてくれたこと。

最初は一人でいる寂しさを埋めてもらうだけのつもりだったのが、一緒にいるうちに夏樹の身代わりとしてではなく、恵介本人を好きになってしまったこと。

恵介の周りには、恵介に好意を寄せる綺麗な人がたくさんいたこと。

自分に自信がなくて好きだと言えなかったことや、私以外にも付き合っている人がいるかもと疑って不安になったこと。

想われてもいないのに、恵介の理想の彼女を演じていることも、一緒にいることもつらくなって、自ら別れを切り出したこと。

話しているうちに、恵介と過ごした短い日々を思い出して涙が溢れた。

「離れたらそれで終わりにできると思ってたんだけどね……私の気持ちだけは全然終わりにできなかった。別れてから二か月以上経つのに、ずっと恵介のことばっかり考えてる」

巴はタバコの煙を吐き出しながら、呆れた様子でため息をついた。

「そりゃそうだよ。終われるわけないじゃん」

「……なんで？」

「なんも始まってないのに、終われるわけないでしょ」

「どういうこと？」

「幸も、その恵介って人も、お互いに相手に対する自分の気持ちなんか言ってないじゃん」

「言ってないけど……恵介が私を本気で好きじゃないのはわかってたから。私なんかより綺麗な人が周りにはたくさんいるんだよ？　すごくモテるみたいだったし」

私がそう言うと、巴はまた苛立たしげに大きなため息をついて、勢いよくビールを煽った。

「いいか？　よく聞け、幸。〝私なんか〟とか〝どうせ〟とか言うの、幸の悪い癖だ。幸は昔っからそう。私なんか地味で冴えないとか、なんの取り柄もないとか、自己評価が低すぎる」

「だって……ホントのことだし」

「だってじゃないの。それも昔から変わってない。自分をけなして言い訳する暇があるなら、もっと自信持てる自分になる努力をしろ」

いつになく厳しい巴の言葉に、全身がビリビリする。ショックとか怖いという感じじゃなくて、私の中で眠っていたものを叩き起こして目覚めさせるような、そんな感じだ。

「人にはそれぞれ、その人にしかない良さってものがあるの。幸は真面目で謙虚で、いつも何事に対しても一生懸命じゃん。見た目は確かに派手じゃないけど、無駄に自分を飾ってないだけで、別に地味じゃない。そのまんまの幸が私は好きだよ」

恵介もそんなことを言ってくれた。自分で自分を否定するようなことは言ったらダメだよ、って。

人より足りない部分を見つけるたびに、どんどん自信がなくなっていく自分が嫌いだった。

私自身が嫌いだった私を、巴はそんな風に思ってくれていたんだと思うと、嬉しくてまた涙が溢れた。

「秋一だって、高野も片瀬も真里も、ついでに夏樹も、みんなそういう幸が好きなんだよ。それでも幸は自分で自分を否定して、これから先もずっと下を向いて生きてくの？」

言葉にならないほど嬉しくて、涙を拭いながら何度も首を横に振ると、巴は少し笑って、私の頭をそっと撫(な)でた。

「夏樹のこととかいろいろあって、また傷付くのが怖かったんだろうけどさ。いくら身代わりとか言ったって、恵介って人は本物の夏樹じゃないんだよ？」

「うん……」

「どんな答えが出るかはわからないけどさ、もしチャンスがあるなら、自分の気持ちはちゃんと伝えなよ。なんにもしないで後悔するより、その方が絶対いいから」

「チャンス……あるかな？」

「なければ作るんだよ！」

巴らしい言葉に思わず笑みがこぼれた。親友の強気な後押しは、なんて心強いんだろう。

「それでもしダメだったら、巴が私を嫁にしてね」

「なんでだよ！　何もしてないうちからダメだったらなんて考えないの！　絶対落としてやるって思わないと！」

今はまだそこまでの自信はないけれど、巴のおかげで、ほんの少し前を向けるような気がした。

「幸みたいな人のことをペシミストっていうんだよ。何事においても悲観する人」

「ペシミスト……。巴は？」

「私はオプティミストかな。基本的に、生きてりゃなんとかなるって思う。つらいことがあっても朝はくるし、悲しいことがあっても時間が経てば笑えるしね」

なんとも巴らしい言葉だ。

「巴ほどは人生を楽観視できないけどね。これからはもう少し顔上げて背筋伸ばしてみる」

「それ、仕事中はできてるんでしょ？　その歳で役職に就くくらいだから」

「確かにそうかも……」

職場での私は、常に背筋を伸ばして顔を上げて笑っている。

なるほど、私は仕事に関しては自信があるらしい。誰かのために役に立ちたいとか、お客様に幸せな結婚式の記憶を残して欲しいと思うからだ。

「私、変われるかな？」

「そう思った瞬間から変われるよ、人間は」

もし次に恵介と会えたなら、まっすぐに恵介の目を見て、誰の代わりでもないあなたが好きだと伝えたい。

それにはまず、自分を好きになることから始めよう。

私は、こんなに素敵な友達がいる私が好きだ。


その日、自宅に戻って入浴を済ませた後、クローゼットにしまい込んでいた化粧品と髪飾りを紙袋から出した。手に取ると、あの時の恵介の優しい顔が脳裏に浮かんだ。

これは私が少しでも自信が持てるようにと恵介が買ってくれたものだから、その気持ちを無駄にしないように、使うことにした。明日はピンクのシュシュで髪を結んで仕事に行こう。

化粧品を変えたり少し着飾ったくらいですぐに綺麗になれるわけじゃないけれど、できる努力は少しでもしてみようと思う。


それから小さな努力を続けつつ、何事もなく半月が過ぎた。

パソコンに向かって書類を作成していると、隣のパソコンでシフト表を確認していた琴音が私の方を見た。

「幸、明後日誕生日？」

「ああ……うん」

うちの会社ではバースデー休暇というものがあって、誕生日に休みが取れることになっている。

今年の誕生日は土曜日だ。土日は挙式予約で一杯になるから、普段はめったに土曜日なんて休めないけれど、せっかくだから年度始めから日付通りに休暇を申請して、挙式予約を入れないようにしていた。

特に予定があるわけでもないけれど、たまにはゆっくり休もうと明日も休みにして、連休を取ることにしている。

「連休だ、いいなぁ。せっかくだから旅行にでも行けば？」

「それじゃ余計に疲れちゃうよ」

書類の作成を済ませ、椅子から立ち上がって伸びをした。

ずいぶん肩が凝っている。頑張って働いた分だけ疲れが溜まってるんだ。

温泉旅行とまではいかなくても、スーパー銭湯にでも行って、ゆっくりお湯に浸かるのも悪くないな。

「明日はスーパー銭湯にでも行こうかな。お風呂に浸かってマッサージしてもらって、日頃の疲れを癒してもらうか」

「えーっ、何それ寂しい」

寂しいのかな？　一人で過ごす休日にしては贅沢だと思うんだけど。

琴音は少し考えて、何をひらめいたのかポンと手を叩いた。

「じゃあ、明日は私も休みだし、夏樹は明日から会社の慰安旅行でいないから、お風呂でゆっくりした後でうちにおいでよ。一日早いけどバースデーパーティーしよう。ケーキとかチキンとか用意するから」

唐突に何を言い出すのかと思ったら……。バースデーパーティーなんて、子供の頃以来してもらったことないよ。

「パーティーって……私、二十九になるんだよ？　子供じゃあるまいし」

「誕生日はいくつになってもおめでたいの！　生まれてきたことに感謝してお祝いするんだよ」

琴音はポジティブだな。そういうところは見習うべきか。

「じゃあ、誕生日前夜を琴音に祝ってもらおうかな」

「そうしよう！　じゃ、そろそろお客さん来る頃だし、サロンに行ってくるね」

「行ってらっしゃい」

琴音はニコニコ笑いながら手を振って事務所を出た。

まさか琴音が私の誕生日を祝ってくれるなんて、半年前には考えられなかった。

琴音が夏樹とのことを話してくれてから、わだかまりがなくなった。同僚として、友人として、以前よりも今の方がいい関係だと思う。

そういえば、夏樹とのことは聞いたけれど、恵介との関係をハッキリとは聞いていない。明日もし機会があったら聞いてみよう。

7　誕生日前夜

翌日は十一時頃に目覚め、軽い食事をして出掛けた。

電車に三十分ほど揺られ、癒しを求めて向かった先はスーパー銭湯。

広いお風呂に足を伸ばしてゆっくり浸かり、ミストサウナや薬湯なども堪能した後、凝り固まった体をじっくり時間をかけてマッサージしてもらった。

溜まりに溜まっていた疲れが取れて、体がとても軽い。休み明けからまた頑張れそうだ。

パウダールームで丁寧に化粧をして、髪をピンクのシュシュで結び、すっかりリフレッシュしてスーパー銭湯を出た。


琴音の家に着いたのは五時半過ぎだった。

リビングのテーブルの上には、フライドチキンの箱が乗っかっている。

「わざわざ買ってきてくれたの？」

「ホントは作れたら一番いいんだけど、張り切って失敗したくなかったからね」

そうか、慣れない料理を一人で作るのはまだ自信がないんだな。これも琴音なりの気遣いなんだろう。

「私はなんでも嬉しいよ。そういえば最近こういうの食べてなかったから、久しぶりで楽しみ」

「ピザも頼んであるんだ。もうすぐ届くと思う。今、飲み物用意するね。何飲む？　ビールとチューハイと、ワインもあるよ」

「チューハイもらおうかな」

琴音が冷蔵庫からチューハイを持って戻って来ると、テーブルの上で琴音のスマホが鳴った。琴音は電話に出て会話をしている。どうやら夏樹かららしい。

慰安旅行のお土産は何がいいかとか、そんなことを聞かれているようだ。

琴音が電話で話しているのを聞き流していると、玄関のチャイムが鳴った。琴音は通話口を押さえて小声で私に話し掛ける。

「ピザ屋さんかな。幸、そこに財布あるから出てくれる？」

「うん」

琴音の財布を持って玄関のドアを開けた。

その瞬間、心臓がいまだかつてないほど大きな音をたてた。あまりの驚きに言葉を失う。

「あ……」

「え……!?」

お互いに顔を見合わせて呆然と立ち尽くした。

　そこにいたのはピザ屋さんではなく、恵介だった。ずっと会いたいと思っていたのに、なんの心の準備もしていなかったのでどうしていいかわからず、財布を握りしめてうつむいてしまう。

「あ、ピザ屋さんじゃなくて恵介だったんだ。早かったね」

　電話を終えた琴音が私の後ろから声を掛けた。

「ああ……仕事早く終わったから……」

　恵介もうろたえているのか、落ち着かない様子だ。その後ろから、今度こそ本物のピザ屋さんが姿を見せた。

「グラッチェピザでーす」

「はーい、ご苦労様です。恵介、そんなところに突っ立ってないで早く上がりなよ」

「ああ、うん」

　恵介はぎこちない動作で靴を脱いで部屋に上がった。

「幸、財布ちょうだい」

「あ……はい……」

　私は琴音からピザを受け取り財布を渡した。琴音はピザ屋さんに代金を支払っている。

　……何これ？　なんで恵介がここに？

　いくら夏樹の友達とはいえ、琴音はいつも夏樹の留守中に恵介を呼んだりしてるの？

　そこに私を呼ぶって……なんで？

何がなんだかさっぱりわけがわからない。

「幸、どうしたの？」

「えっ⁉　いや、だって……。なんで？」

琴音は私の手からピザの箱を取って、何食わぬ顔でリビングに向かう。

「いいからいいから。ほら、幸も早くおいでよ」

この廊下の先に恵介がいるのだと思うと急激に鼓動が速くなり、緊張して顔が強ばる。

リビングに戻り、おずおずと琴音の隣に座った。テーブルをはさんで向かいには恵介がいる。

どうしよう……まともに顔見られない……。

「恵介も来たし、ちょうどピザも届いたことだし、早速始めようか」

琴音がテーブルの上にピザの箱を置いて蓋を開いた。恵介はテーブルの上の料理を見ながら、少し首をかしげている。

「始めるって……何を？」

「ん？　バースデーパーティー。明日、幸の誕生日だから」

琴音は取り皿を配りながら、恵介の顔も見ずに答えた。恵介は驚いた顔をしてチラッと私の方を見た。

「えっ……誕生日……？」

「うん……明日……」

そういえば、付き合っている時には誕生日の話はしたことがなかったから、私たちはお互いの誕生日も知らない。一緒にいる時はたくさん話をしたと思っていたけれど、お互い自分のことはあまり話していなかったと気付いた。

「知ってたら何かプレゼント用意したのに……」

恵介がボソッと呟(つぶや)いた。

「幸の誕生日のお祝いって言ったら恵介は来なかったでしょ？」

琴音はそう言って恵介にグラスを差し出し、ビールを注ごうとした。

「今日は車だから、酒はいい」

「そうなんだ。じゃあコーラでいい？」

「うん」

そうか、私がいるって知ってたら、恵介は来なかったんだ。あんな別れ方をしたんだから、当然といえば当然か。本当は私には会いたくなかったのかも。

〝知ってたら何かプレゼント用意したのに〟なんて、単なる社交辞令みたいなものなのに、もしかしたら恵介は少しでも私を想ってくれているのかと、少し浮かれそうになってしまった。

世界も時間も恵介も、私を中心に回っているわけじゃない。別れてから今日まで、私にいろいろなことがあったように、恵介にもきっといろいろなことがあっただろう。

「そういえば恵介、前に言ってたお見合いはどうなったの？　相手の人にはもう会った？」

琴音がピザに手を伸ばしながら尋ねた。

お見合い……？

私がチラッと視線を向けると、恵介は黙ったまま下を向いてチキンにかじりついていた。

「会った」

「どうだった？」

「高級フレンチフルコースだった」

「料理のことじゃなくて、相手の人とはどうだったのって聞いてるの」

「仕事とか趣味の話を根掘り葉掘り聞かれた。趣味が同じだから会話は続いた」

恵介の趣味ってなんだろう？　私ってホントに、恵介のことを何も知らない。

別れてから恵介がどうしていたのかも、もちろん知らない。会話が続いたってことは、いい感じだったのかな。

「幸は？　駅前のレストランとか居酒屋で一緒にいた人とはどうなってるの？」

「えっ……」

それってもしかして秋一のこと？　いつの間に琴音に見られてたんだろう？

「あの人と付き合ってるの？」

「いや……それは……」

付き合ってないし、プロポーズも断ったけど……。なんでよりによってこんな時に聞くかな。

返事に困っていると、恵介が急に立ち上がった。

「そこのコンビニでタバコ買ってくる」

恵介が玄関を出るのを確かめて、ホッと息をついた。

さっきからずっとぎこちなくて、息苦しい。恵介はすぐ目の前にいるのに、とても遠く感じる。やっぱり私の誕生日のお祝いなんて、今更迷惑だよね。

「幸、ごめんね。恵介って元々無愛想で口数少ないから、気にしないでね」

「うん……」

無愛想で口数少ない？　私の知っている恵介とは程遠い。

私といる時の恵介は、いつも笑ってたくさん話していた。琴音の前では違うのかな？

私と恵介が付き合っていたことは琴音には話していないからヘタなことは言えないし、気を取り直してチキンでも食べようと取り皿を手にした時、前にここで昼食を食べるのに使ったお皿だと気付いた。

そういえば、私が作った肉じゃがをどうしたのか、まだ聞いてなかったな。

「ねぇ、ずっと聞きそびれてたんだけど、結局私が作った肉じゃがはどうしたの？」

「あー、あれね。仕事で帰りが遅くなるって言われたけど、とりあえず届けた。合鍵持ってるし」

「届けたって……誰に？」

「兄貴」

知らなかった、琴音にはお兄さんがいたのか。

「なんでお兄さんに私の料理を？」

「ちょっと前から、今もずっと元気ないんだよね。休みの日に私が部屋に行った時、天井見上げて抜け殻みたいになってた。ちょっと泣いてたっぽいから、ただ事じゃないなって」

男の人も一人で泣いたりするんだな。きっと泣きたくなるほどつらいことがあったんだ。

「元々自分に自信がない人でね。好きな人になかなか好きって言えなくて、モタモタしてるうちに他の人に取られちゃったりさ。それで後悔して自己嫌悪に陥るの」

なんとなく私と似てる。琴音のお兄さんも、自分で自分を責める虚しさとか、自信のない自分に苛立つ歯痒さを、私と同じように何度も味わったのかもしれない。

「ずっと元気なくて食欲もないみたいだったから、せめて好きな物でも食べさせてあげたいと思ったんだけど、私が作ると下手だとかまずいとか文句言われそうだから、幸に作ってもらったの」

琴音って意外とお兄さん思いなんだ。私には兄弟がいないから、そういうの、ちょっと羨ましい。

「私が作った唐揚げはまあまあ美味しかったって言ったのに、幸の肉じゃがはすごく美味しかった、ホントに琴音が作ったのかって。そうだよって言ったらすごく疑われた。嘘ついてもわかるもんなんだね」

それはやっぱり兄妹だからなのかな？　もしかしたら照れ隠しなのかも。

「琴音が気に掛けてくれて、お兄さんは嬉しかったと思うよ」

「ずっとわがまま言って面倒掛けてばっかりだったからさ、弱ってる時くらいはね。また料理教えて。ついでにまた作ってやってくれる？」

「そういうことなら」

「良かった。幸の料理美味しいから、絶対元気出ると思う」

「だといいんだけど」

誰かのために料理を作るのは嫌いじゃない。見ず知らずの私なんかが作った料理で元気になれるかはわからないけれど、少しでも琴音のお兄さんの心を癒やせたらいいな。


それから少しして、琴音がお手洗いに行くと席を立ってすぐ、恵介がコンビニの袋を提げて戻ってきた。

「おかえりなさい」

「ただいま……。琴音は？」

「お手洗いに」

コンビニはすぐ近くなのに、タバコを買うだけにしてはずいぶん遅かったなと思っていると、恵介が袋の中から取り出したものを、ためらいがちに私に差し出した。

「幸、これ……」

それは前に買ってきてくれたものと同じ、私の好きなイチゴのアイスだった。アイスを受け取り顔を上げると、恵介は照れくさそうに首の後ろを押さえた。

「ごめん、何かあげたかったんだけど……幸の好きなものなんてそれしか思い浮かばなかったから」

「ありがとう……覚えててくれたんだ……」

ほんの些細なことを覚えてくれていたのが嬉しくて、思わず泣きそうになったけれど、グッと堪えた。

「あ、恵介、戻ってたんだね。しんみりしてどうしたの？」

リビングに戻ってきた琴音に、背後から声を掛けられてドキッとした。まさか、今の会話聞かれてないよね？

「ん？　何それ？」

「アイス。これ、おまえの分」

恵介はぶっきらぼうにそう言って、コンビニ袋ごとアイスを琴音に差し出す。琴音は袋の中からバニラのアイスを取り出して、少し不服そうな顔をした。

「私、クッキークリームが好きなのに」

「おまえの好みなんか知らん。文句があるなら食うな」

「食べるけど……」

私より琴音と過ごした時間の方がずっと長くて、〝おまえ〟と呼ぶほど親しい間柄のはずなのに、恵介は琴音の好みを知らないらしい。琴音とは一緒にアイスを食べたりはしなかったんだろうか。

「なんで幸にはイチゴ？　幸がイチゴ好きだって知ってたの？」

「……うるさいな。どうでもいいだろ。溶けないうちに食え」

恵介は私と付き合っていたことを、琴音に話していないようだ。

琴音は恵介とは付き合ってないと言ったけれど、恵介はそうは思っていないみたいだから、私とのことは隠しておきたいんだろう。

その程度の関係だったんだと改めて言われているような気がして、少し落ち込みながら、琴音から受け取ったスプーンでイチゴのアイスをすくって口に運んだ。イチゴのアイスは二人で一緒に食べた時と同じ甘さで、口の中でゆっくりと溶けていく。

「美味しい……」

私が呟くと、恵介は微かに笑みを浮かべて立ち上がり、キッチンの換気扇の下でタバコに火をつけた。何度も見たタバコを吸う恵介の後ろ姿を懐かしく感じる。

一緒にいる時間は短かったけれど、恵介といることが当たり前のようになっていたせいかもしれない。

アイスを食べ終わった後、琴音が冷蔵庫から新しいチューハイを持ってきた。

「幸、全然飲んでないね。私も付き合うし、せっかくだからパーッと飲もう」

琴音は私のグラスにチューハイを注ぎ、自分のグラスにも並々とチューハイを注いだ。

私もあまり強くはないけれど、確か琴音は、私よりずっとお酒は弱いはず。それなのに

〝パーッと飲もう〟なんて、大丈夫だろうか。

案の定、琴音は一杯ちょっとも飲むとあっという間に酔いが回り、真っ赤な顔をしていた。心なしかろれつが回っていない気もする。

「琴音、大丈夫？」

「大丈夫よぅ。そうだ、ケーキ切ろう！　冷蔵庫の中にしまってあるの！　恵介、持ってきて！　ついでに包丁も！」

「おまえなぁ……」

恵介が呆れた顔をして立ち上がり、冷蔵庫からケーキの箱を取り出した。

私がキッチンから包丁を持って戻って来ると、恵介が不思議そうな顔をしていた。

「なんでそんなこと知ってるの？」

「前にここで一緒に料理したことがあるから」

「へぇ……」

恵介は私の言葉に少し驚いたようだ。私と琴音が一緒に料理をしていたのがそんなに意外だったのかな？

もしかしたら、夏樹との一件があったのに、私が琴音と仲良くしているのが不思議なのかもしれない。

箱を開けてケーキを取り出した。白い生クリームの上に、イチゴがたくさん乗っている。真ん中には『HAPPY BIRTHDAY MIYUKI』と書かれたチョコのプレート、その両隣には飴細工のバラがあしらわれ、切るのがもったいないくらい綺麗だ。

バースデーケーキなんて久しぶりで、なんとなくくすぐったい気分になる。

「貸して、俺がやるよ」

「うん……ありがとう」

恵介は丁寧にケーキを三人分切り分けて、私のケーキにはチョコのプレートと飴細工のバラを乗せてくれた。

「恵介、私のケーキにもバラ乗せて」

琴音がそう言うと、恵介はまた呆れた顔をしてため息をついた。

「おまえの誕生日じゃないだろ」

「何よ、たまには妹にも優しくしなさいよ」

「えっ……妹⁉」

驚いて思わず声をあげると、恵介はばつの悪そうな顔をした。琴音は上機嫌で笑っている。

「妹……と、お兄さん……？」

「そうだよ」

「え？　でも苗字も違うし……」

「私が小五の時に両親が離婚してるからね。私は母親に、恵介は父親についてったの。今は両方とも再婚してるから、外では兄妹ってことあまり言うなって恵介が。だから〝お兄ちゃん〟って呼ぶのもやめたの」

「そう……なんだ……」

顔もあまり似ていないし、まさかこの二人が兄妹だとはまったく思わなかった。兄妹だと知ったら、恵介が世話を焼いていた理由にも、琴音が〝恵介とは付き合えない〟と言っていたことにも合点がいく。

恵介は私が勘違いしているのをわかっていたのに、なぜ琴音は妹だと教えてくれなかったんだろう？

「恵介、肉じゃが美味しかったでしょ？」

唐突に尋ねられ、恵介はわけがわからないと言いたそうな顔をしている。

「ああ……。おまえが作ったとは思えないほどうまかったけど……」

「だよねぇ。じつはあの肉じゃが、幸が作ってくれたんだよ」

「えっ⁉」

恵介が驚いた顔をして私の方を見た。

「道理で……」

「唐揚げは幸に教わって私が作ったんだけどね。幸、また恵介のために料理作ってくれるって。良かったね、憧れの幸ちゃんに手料理作ってもらえて」

「琴音！」

恵介は慌てて琴音の口を押さえた。琴音は苦しそうにもがいている。

憧れの、って……何？

「もう!!　離してよ、苦しいでしょ!!」

「余計なこと言うな！」

「何よ、ホントのことでしょ！」

「それも余計だ!!」

琴音は恵介の手を思いきり振り払って、グラスに残っていたチューハイを勢いよく煽り、からになったグラスをガツンと音をたててテーブルの上に置いた。

「だいたい恵介は女々しすぎるのよ!!　根暗！　引っ込み思案！　これからお見合いの時は〝趣味は後悔することです〟って言えば！」

「うるさい、空気読めない散らかし屋のくせに！」

「それが何よ！　そんなに家事が得意なら、恵介がお嫁に行けばいいのよ！」

琴音はかなり酔っているのか、言っていることがめちゃくちゃだ。どうやら兄妹喧嘩が始まってしまったらしい。私はオロオロしながら、なんとか喧嘩を止める方法を考える。

「あのー……そろそろケーキ食べたいなぁ……」

苦し紛れに私がそう言うと、二人は喧嘩をやめてこちらを向いた。フォークを差し出すと、恵介は申し訳なさそうにそれを受け取る。

「あ……ごめん……」

「ほら、琴音も」

「うん、食べるー！」

琴音は笑いながらバンザイをして、ケーキの前に座る。

何はともあれ、なんとか兄妹喧嘩も収まり、三人でケーキを食べ始めた。

「このケーキ、すごく美味しいね。スポンジケーキがしっとりしててふわふわで……。生クリームも滑らかで甘すぎないし」

「そうでしょ？　美味しいって評判の店、ネットで調べて予約したんだ。幸はイチゴが好きだから、たくさん乗せてもらったの」

「ありがとう、すごく嬉しいよ」

琴音が私のためにそんなことをしてくれるなんて。

誕生日を祝ってくれる人がいるって幸せだ。

8　あの時の気持ち、今の想い

十時半を過ぎた頃には、琴音は静かに寝息をたてていた。

私のために、飲めないお酒を一緒に飲んで盛り上げようとしてくれたんだと思う。そんな琴音がなんとなく可愛くて、恵介がほうっておけなかったのがちょっとわかる気がした。

「琴音、寝ちゃったね」

「ホントにしょうがないやつだな……」

恵介は琴音を抱き上げて、リビングの隣の寝室らしき部屋に運んだ。こんなところはやっぱりお兄さんなんだなと微笑ましくなる。

私は残った料理を箱にしまい、ケーキを冷蔵庫に入れて、使った食器をキッチンに運んで洗った。

「ごめん、俺がやるよ」

「大丈夫。そんなにたいした量じゃないし」

グラスをスポンジで洗いながら答えると、恵介はジャケットを脱いでワイシャツの袖をまくり上げた。着痩せして見えるのに、ほどよく筋肉がついた腕は男らしくて色っぽい。

あの腕に何度も抱きしめられたんだと思うとドキドキする。

「やっぱり手伝うよ。二人でやった方が早いから」

「うん……ありがとう」

一緒にキッチンに立って洗い物をしていると、付き合っていた時のことを思い出す。一緒に夕飯を食べた後は、いつも恵介と二人で洗い物をした。洗い物が済んだ後は、他愛ない話をしながらコーヒーを飲んだっけ。

こんな風にしていると、今もまだ恵介と付き合っていると錯覚してしまいそうだ。

ずっとこのままでいられたらという私の願いも虚しく、あっという間に片付けが終わり、恵介はジャケットを着て帰り支度を始めた。

現実は厳しいな。もう少し時間が過ぎるのがゆっくりならいいのに。

「帰ろうか。家まで送ってく」

「……うん、ありがとう」


十一時を過ぎた頃、恵介が玄関の鍵を掛けて琴音の部屋を後にした。

恵介と琴音は、お互いの家の合鍵を持っているらしい。何かあったらすぐに駆け付けられるように持っていてくれと、琴音に持たされたそうだ。

なんだかんだいっても、仲のいい兄妹なんだな。

二人が兄妹なのだと知った今となっては、琴音が就職してからの七年近く恵介が世話を焼いていたことも、恵介の部屋に琴音のピアスのキャッチや髪の毛が落ちていたことにも納得がいく。

私は妹の琴音に嫉妬していたのか。そんなことは知らなかったから、恵介は別れた後も琴音が好きなんだと思い込んでいた。最初に言ってくれれば良かったのに、恵介はどうしてそれを隠していたんだろう?


恵介が車を停めたコインパーキングまで、二人で黙ったまま歩いた。

付き合っていた頃と違い、恵介は手を繋いではくれない。自分から恵介の手を握ろうかと何度も思ったけれど、迷惑がられるのが怖くて、そんな勇気はなかった。

車に乗って走り出しても、恵介は黙ったまま前を向いてハンドルを握っている。車内に流れる沈黙はぎこちなくて重苦しい。

話したいことや聞きたいことはたくさんあるのに、私の口からはひとつもその言葉が出てこない。黙り込んだままで時間だけが過ぎて、どんどん私のマンションが近付いてくる。

このままもう会えないのかな。

〝もしチャンスがあるなら、自分の気持ちはちゃんと伝えなよ。なんにもしないで後悔するよりその方が絶対いいから〟

〝幸も後悔したくないなら、その人にちゃんと気持ち伝えろよ〟

巴と秋一の言葉が、頭の中で何度も何度も繰り返された。

もし今度恵介に会えたら、自分の気持ちを素直に伝えようと決心したはずなのに、私は拒まれることを恐れ、傷付くのが怖くて臆病になっている。

膝の上でギュッと両手を握りしめた。

好きだとたった一言、伝えるだけでいい。それ以上は何も望まないから。恵介の幸せの邪魔はしないから。

神様、どうか臆病な私に勇気をください。


伝えたい言葉を口の中で何度も呟(つぶや)きながら、結局何も言えないままで、車は私のマンションの前にたどり着いた。

車を停めて、恵介はためらいがちに私の方を見た。

「……少しだけ、時間いい？」

「うん……」

恵介は車を降り、近くの自販機であたたかい缶コーヒーを二本買ってきて、一本を私に差し出した。缶コーヒーのあたたかさで、緊張して指先まで冷えきっていたことに気付く。

「ありがとう……」

タブを開けてコーヒーを一口飲み込んだ。

気持ちを伝えるなら、チャンスは今しかない。恵介が好きだって、ちゃんと言わなきゃ。

そう思っているのに気持ちばかり焦って、なかなかその言葉が出てこない。

「琴音と兄妹だってこと、黙っててごめん」

沈黙を破ったのは恵介だった。

「両親はずっと昔に離婚して、今はお互い再婚してるんだけど……琴音は昔から俺になついてたから、離れて暮らすようになっても時々会ってたんだ。就職して一人暮らし始める時も俺の家の近くに部屋を借りたけど、琴音は何もできない子だったから、俺が世話を焼く羽目になって……」

「うん……」

「幸が俺と琴音が兄妹だって知らないことにも、付き合ってるって勘違いしてることにも気付いてたのに、俺はホントのことを言わなかった」

「夏樹と友達だってことも、琴音から聞いた。なんで教えてくれなかったの？」

恵介は窓を開けてタバコに火をつけた。タバコの煙が窓の外へと流れていく。

「幸は夏樹とのことで傷付いてたから……。俺が夏樹と友達で二人を引き合わせたようなもんだし、おまけに琴音の兄だって知ったら、余計に俺を敬遠するかなと思って。常識的に考えて、そんなやつとは付き合いたくないだろう？」

恵介の言いたいことがよくわからない。付き合うことになる前から、恵介は私が勘違いしていたことに気付いてたはずだけど……。

「ごめん、ちょっとよくわからないんだけど……」

「琴音からはじめて幸の部屋に呼ばれた時、幸が夏樹を好きなんだってことに気付いた。あの時琴音は、ホントは幸に俺を紹介したかったらしい」

「……なんで？」

「幸が俺の……〝憧れの幸さん〟だったから」

それまで会ったこともないのに、恵介から憧れてもらうような接点はなかったはずだ。ますますわけがわからなくて思わず首をかしげた。

恵介はタバコを灰皿の上でもみ消して、窓の外にフーッと煙を吐いた。

「沼田さんって覚えてる？　あの結婚式場で幸が担当した……」

「うん、今年の春にうちで挙式されたお客様だね。琴音から私に担当が回ってきた。沼田さんの挙式の希望日に、琴音は空きがないって言って」

「あれ、俺の職場の先輩。俺が琴音を紹介した」

「そうなんだ……知らなかった」

開いたままの窓から冷たい風が流れ込んで来て、恵介は話を続けながら窓を閉めた。

「式には俺も招待されて、会社の同僚として出席してて……披露宴の新郎新婦入場で幸がドアを開けて、二人を高砂に先導しただろ」

披露宴での新郎新婦の入場は、私が先頭に立って会場のドアを開け、招待客で埋め尽くされたテーブルの間を通って、二人を高砂席へと案内する。そういう仕事だからあまり意識したことはなかったけれど、主役の新郎新婦ではなく、その影のような存在の私を見ていた人がいたことに驚いた。

「うん、披露宴の時はいつもそうするね」

「あの時、なんて凛々しい女性だろうって……先輩たちのために真剣に仕事してる幸がすごく綺麗で……。その後も披露宴を取り仕切る幸にばっかり目が行って、先輩たちには申し訳ないけど、正直いうと先輩たちのことはほとんど覚えてない」

「主役見ないで私のこと見てたの……？」

必死で次の段取りを考えながら動き回っている姿が綺麗だなんて、なんだか少し照れくさい。

「披露宴が終わってから、幸はどんな人なのかって琴音に聞いた。それで琴音が勝手に盛り上がって、今度紹介するって言い出して……」

琴音は気を利かせたつもりだったんだろうけど、恵介はそこまで考えてなくて迷惑だったのかな。だからうちで四人で食事をした時も、ほとんど話さなかったのかもしれない。

「幸の部屋に呼ばれた時は、夏樹と面識がないふりしろって琴音に言われてたし、緊張してまともに話せなかった。だから幸と初めて二人で飲みに行った時は、かなり必死でいい男のふりしてた。なんとかして幸と接点を持ちたくて……幸の勘違いを利用して、琴音と付き合ってたことにした。同じ立場なら打ち解けてくれるんじゃないかって」

「そうなんだ……」

「二人を見返すために付き合おうとか、あんな無理やりな理由は自分でも苦しいとは思ったけど……普通に付き合ってくれって言っても、絶対に断られると思ったから」

「うん……」

恵介が少しでも私に好意を持ってくれていたんだと思うと、それだけで嬉しい。おかしななりゆきだと思ってはいたけれど、恵介はそんなことを考えてたんだ。

確かに、恵介が夏樹の友達で琴音の兄で、二人を引き合わせた本人だと最初から知っていたら、付き合おうと言われても私は断ったと思う。

「幸の心の隙につけこんで卑怯だとは思ったけど……幸はあの時はまだ夏樹のことが好きだったし、一緒にいられるなら俺は夏樹の代わりになろうと思った。最初は夏樹の代わりでもいいから、いつかは俺自身を好きになってくれたらいいなって思ってたんだ」

恵介が夏樹の代わりになると言った理由を正直に話してくれて良かった。

私のことなんか好きじゃないくせにとか、恵介は私に理想の彼女を演じて欲しいだけなんだとか何度も思っていたけど、あの時恵介は、私と一緒にいたいと思ってくれていたんだ。

付き合っていた時は、お互いに相手への気持ちを素直に伝えようとしなかったからわからなかったけれど、今更ながらそれがわかっただけで嬉しくて、目の前が涙でにじんだ。

恵介は今、私のことをどう思ってるんだろう？　お見合いしたとか言っていたし、そんなことを聞いたら迷惑かな。

だけどやっぱり私は……今更って言われるかもしれないけれど、恵介が好きだって、ちゃんと伝えたい。

今度こそ伝えようと決心して顔を上げると、恵介が缶コーヒーに手を伸ばそうとして、小さく「あっ」と声をあげた。

恵介が指差した車のデジタル時計にはゼロが三つ並び、零時になったことを知らせている。

「今、ちょうど日付変わった。幸、誕生日おめでとう」

その瞬間、ずっと堪えていた涙がポロッとこぼれ落ちた。泣いちゃいけないと思うのに、涙はどんどん溢れて頬を伝う。

「み、幸⁉」

急に泣き出した私に驚き、恵介はわけがわからずオロオロしながらも、ハンカチを出して涙を拭いてくれた。

「ごめん、俺またなんか幸を傷付けるようなこと言ったのかな……？」

「違うの……。誕生日に一番最初に好きな人におめでとうって言ってもらうのに憧れてたから……恵介に言ってもらえて、すごく嬉しい……。ありがとう……」

「えっ……俺……？」

よほど驚いたのか、恵介は大きく目を見開いている。

「私を好きでもないのに好きなふりされるのがつらくて、大嫌いとかもう会いたくないって言ったけど……ホントはすごく好きだったの。今も恵介が好き……」

思いきって素直な気持ちを打ち明けた。恵介は黙ったまま何も言ってくれない。別れると言ったのも、もう会いたくないと言ったのも私だったのに、今もまだ好きだなんて、やっぱり勝手すぎたんだ。

「ごめん、今更迷惑だよね。今の忘れて」

最後くらい笑っていようと、手の甲で涙を拭って無理やり作り笑いを浮かべた。

「帰るね。送ってくれてありがとう」

胸が苦しくて、今すぐにでもここから逃げ出したくて、恵介から顔をそむけて助手席のドアに手を掛けた。

「待って、幸！」

恵介の手が私の腕を摑み、体ごと強く引き寄せた。私の体は一瞬で恵介の腕の中に収められる。

「まだ何も言ってないのに、俺の答え勝手に決めるなよ……」

私を強く抱きしめて切なげに呟いた恵介の声が、少し震えていた。恵介の胸は広くてあたたかくて、少し速い鼓動が私の耳に伝わってくる。

「夏樹の身代わりなんて要らないから別れるって言われた時、あんな事言うんじゃなかったって、めちゃくちゃ後悔した」

「恵介のこと好きになっちゃったから……私のことなんか好きじゃないのに、夏樹の代わりに優しくされるのはイヤだったの。私がどれだけ好きでも、夏樹みたいに別の人がいるんじゃないかって怖くて、私を好きになってもらえる自信もなくて……」

胸に顔をうずめてあの時の気持ちを正直に話すと、恵介は私の頭を何度も優しく撫でてくれた。

「俺も夏樹に勝てる自信がなかったから、あんな形で付き合おうって言ったけど……ホントは夏樹の代わりに優しくしたわけじゃないんだ。俺は最初からずっと……今も幸が好きだよ」

恵介が私を好き……？

もしかして聞き間違いかもと思いながら顔を上げると、恵介は私の目をまっすぐに見つめた。

「ホント……？」

「うん。もっと早く俺の気持ち言えば良かったな。好きだよ、幸。大好きだ」

「嬉しい……。私も恵介が好き。大好き……」

やっと想いが通じて、恵介が私を好きだと言ってくれたことが嬉しくて嬉しくて、また涙が溢れる。恵介は微笑みながら、指先で涙を拭ってくれた。

その指先が優しく頬に触れた瞬間、恵介が駅のホームで綺麗な人と一緒にいた光景が脳裏に蘇る。

「あ……でもお見合いしたって……」

「上司からずっと勧められてたこともあったし、幸と別れてしばらくしてから、もうあきらめないとって思ってお見合いした」

「それって……前に駅で会った時に一緒にいた人？」

「うん。何度か会ったけど、やっぱり幸のことばっかり思い出して比べちゃってさ……相手に失礼だし、申し訳ないから断ったんだ」

恵介もそんなことを考えていたんだ。きっと私と同じで、前に進もうともがいていたんだと思う。

「幸は……あの人と付き合ってるんじゃないの？」

「高校時代の同級生でね……何度か一緒に食事したけど、付き合ってもないのに好きだから結婚しようって急に言われて……。いい人だし、将来のこと考えて結婚しようとも思ったけど……やっぱり恵介のことが好きで忘れられなかったから、断ったの」

私が秋一との間にあったことを話すと、恵介はホッとした様子で少し笑った。

「そうか……。幸が俺を忘れないでいてくれて良かった。ありがとう」

「恵介も……私を好きでいてくれてありがとう」

少し照れくさくて、お互いに顔を見合わせて笑った。恵介は私の頭を両手で引き寄せて、額と額をくっつける。

「改めて言うよ。幸が好きです。俺と付き合ってください」

「私も恵介が好きです。一緒にいてください」

「先に言っとくけど……俺、独占欲強いからね。もう絶対離さないし、誰にも渡さない」

「うん」

恵介の唇が、私の唇に優しく触れた。そっと触れるだけの短いキスを何度も何度もくりかえした後、恵介はギュッと私を抱きしめた。

「できればこのまま離したくないんだけど……幸、明日……じゃなくて、今日は土曜だから仕事だよな？」

「ううん、休みだよ。バースデー休暇なの」

私がそう言うと、恵介は嬉しそうに笑って、もう一度私の唇に軽くキスをした。

「じゃあ離さない。二人だけで誕生日のお祝いしよう」

「うん」

誕生日を恵介と一緒に過ごせるなんて、思ってもみなかった。今日だけじゃなく、明日も明後日もその先も、恵介と一緒にいられるんだ。

思いきって気持ちを伝えて良かった。ずっと過去を振り返って、下ばかり向いてここまで来た私だけど、前を向いて顔を上げて、勇気を出して一歩踏み出してみると、いい事や嬉しい事があるんだと気付いた。

今夜は恵介の部屋で過ごすことになった。私のマンションのそばのコインパーキングが満車で、車を停める場所がなかったので、〝だったら俺の部屋においで〟と恵介が言ったからだ。

私は一度自分の部屋に帰り、下着や化粧品などを用意した。そして、前に恵介を会社まで迎えに行く途中で買ったワンピースをクローゼットから取り出し、しわにならないよう丁寧にたたんで、バッグに詰めた荷物の一番上にそっと乗せてファスナーを閉めた。

荷物を詰めたバッグを持って車に戻ると、恵介は助手席に座った私を嬉しそうに抱き寄せた。

「どうしたの？」

「今夜は幸とずっと一緒にいられるんだなーと思ったら嬉しくてさ」

「最初のとき以外はどんなに遅くなっても帰ってたもんね。でもなんで？」

「あれは一応、俺なりのけじめっていうか……」

「けじめ？」

恵介は助手席のシートベルトを締め、私の頬に軽く口付けた。そして自分もシートベルトを締め直し、ゆっくりと車を発進させる。

「付き合う前に酒の力を借りてやっちゃったってのもあるし、夏樹の代わりになるって言ったけど、夏樹みたいに幸の部屋に入り浸ってズルズルの関係になって、いい加減な男だと思われたくなかったんだ。だから本当の意味で恋人同士になれるまでは、泊まるのも幸を抱くのも我慢しようって」

そんなことを考えていたとは思いもしなかったから少し驚いたけれど、大事にしたいと思ってくれていたことは素直に嬉しい。だけどそのわりにはしょっちゅう迫られていたように感じるのは私の気のせいだろうか。

「まあ……我慢しきれなくて幸を怒らせてフラれたんだけどな」

恵介はバツの悪そうな顔をしてハンドルを握っている。

あの時私が急に怒った本当の理由を恵介はわかっていないようだ。勘違いされたままというのもなんだかスッキリしないので、話しておくことにした。

「違うの。あれはね……恵介に触られたのがイヤで怒ったんじゃなくて、夏樹とするより良かった？　って聞かれたから、からかわれてるのかなとか……結局恵介にとって私はその程度の女でしかないんだなって」

「そっか……ごめんな。付き合ってなくても夏樹になら体まで許すのに、俺の事は付き合ってても彼氏だと思ってもくれないから悔しくて、わざと意地の悪いことしたんだ」

それはいわゆる〝嫉妬〟というやつなのかな？

いつも涼しい顔をして私を翻弄するのに、その裏側では嫉妬したり拗ねたりもするのだと思うと、なんだかちょっと可愛く感じた。


しばらくして車は恵介のマンションの駐車場に到着した。ここに来るのは泣きながら恵介の部屋を飛び出したあの夜以来だ。

車を降りると、恵介は私が持っていたバッグを手に取り、もう片方の手で私の手を引いて歩き始めた。恵介の大きな手が私の手をすっぽりと包み込み、ぬくもりが伝わってくる。

「手を繋いで歩くの、久しぶりだね」

「そうだな。またこうして一緒に歩けるとは思ってなかったから、めちゃくちゃ嬉しい」

「私も」

もう会えないと思っていたから、今隣に恵介がいることが夢みたいだ。

エレベーターを降りて部屋の前に着くと、恵介がスーツのポケットからキーケースを取り出して鍵を開けた。

恵介の部屋に来たのはこれで三度目だけれど、泊まるのは初めてだから少しドキドキする。

久しぶりにお邪魔した恵介の部屋は、以前より少し散らかっているような気がした。

恵介は無造作に脱ぎ捨てられたシャツや床に放り投げられた雑誌を拾い上げた。

「ごめん、ちょっと散らかってるけど……」

「ううん、別にいいよ。忙しかったの？」

「忙しかったのもあるけど……とにかくなんにもやる気がしなかった。料理も全然しなかったし」

そういえば琴音がそんなことを言ってたっけ。

「恵介、泣いてたの？」

「えっ⁉」

恵介は慌てふためいて、手にしていた雑誌を床に落とした。

「琴音が来た時に、恵介がベッドでボーッと天井見上げて抜け殻みたいになってたし、ちょっと泣いてたみたいだったたって」

「あいつ……余計なことばっかり言いやがって……」

そう呟きながら雑誌を拾い上げる恵介の恥ずかしそうな表情がなんだか可愛くて、思わず笑ってしまう。

恵介は雑誌を部屋の隅にドサッと置いて、私を後ろから抱きしめた。

「そんなに笑うなよ。幸に会いたくて寂しくてしょうがなかったんだ。でも会いに行く勇気がなくて……一人でずっと幸のことばっかり考えてた」

「うん……私もずっと恵介に会いたかった。一緒にいられるだけで良かったのに、なんで別れるなんて言ったんだろうって、後悔ばっかりして……」

「お互い様だな。俺と幸、似た者同士だ」

「そうだね」

自分に自信がなくてなかなか想いを伝えられないところも、何かが起こる前から悪い方に考えてしまうところも、あの時こうすれば良かったと後悔ばかりしてしまうところも、本当に似ていると思う。私と同じで、恵介もペシミストってことか。

「俺は幸と一緒なら……もっと前向いて生きて行けそうな気がするよ」

「私も。恵介が私を好きだってずっと言ってくれたら、今より少しは自分に自信持てそうな気がする」

恵介は私の頬にキスをして、素早く私を抱き上げた。

「わっ……！」

驚いて恵介の顔を見上げると、恵介は少し意地悪な笑みを浮かべながら私をベッドに運び、眼鏡を外した。その目でまっすぐに見つめられるだけで鼓動が速くなる。

「自信持っていいよ。俺はずっと幸に夢中だから。これからもっと夢中になるけど」

ベッドに押し倒され何度もキスをされて、そっと肌に触れられると、眠っていた全身の感覚が研ぎ澄まされたようにザワザワと騒ぎ出す。他の人とでは感じたことのないこの感覚は、どうやら恵介に触れられた時だけ目を覚ますらしい。

恵介は首や胸元に唇を這わせながら私の服を脱がせた。

「ずっと幸が欲しいの我慢してたけど、今日は容赦しない。会えなかった分、抑えがきかないと思うから覚悟しろよ」

相変わらず……というか、以前よりエロさが増しているような……。

恵介は獣みたいな言葉とは真逆の壊れ物を扱うような優しい手付きで私の胸を包み込み、ゆっくりと唇を這わせた。そして柔らかい舌で膨らみの先を撫で、舌先で転がしながら吸い付く。

優しい愛撫がだんだん激しくなり、私が息を荒くして身悶えると、恵介の身体も次第に熱を帯びてゆく。

「隅々まで愛して、離れられなくなるくらい幸を俺に夢中にさせるからな」

果たして私の体がもつのか心配だけど、やっぱり恵介に触れられると嬉しくて、もっと恵介を感じたくて、身体中の血が騒いだ。

「バカ……。私だって、もうとっくに恵介じゃなきゃダメなんだからね」

「そこもお互い様だな。俺も幸じゃなきゃダメみたいだ。今日は目隠ししないで、ちゃんと俺を感じて」

両方の胸を手と口で刺激されて下腹部が切なく疼いた。無意識に腰を揺らし、閉じた膝を擦り合わせると、恵介は上目遣いで私の表情を窺い、反応を確かめながら手を徐々に下の方へと滑らせ、太ももの間に指を忍び込ませた。

指先でほんの少し触れられただけで花芯は甘く痺れ、熱い蜜を溢れさせる。恵介が指を小刻みに動かすと甘い痺れが全身に走り、堪え切れず恍惚に喘ぐ声が漏れた。

我ながらその声があまりにも艶めかしく感じ、恥ずかしくて口元を手の甲で押さえる。しかし与えられる快感には抗えず、更に甲高い声が出てしまう。

「声、我慢しないで。もっと聞かせて」

「やだ……恥ずかし……ああっ……！」

私が言おうとしている言葉を遮るように、恵介が深く指を押し込み私の体の奥を掻き回すと、淫猥に湿った音が響いた。

「もうこんなに濡らして……指二本すんなり入ったの、わかる？」

「バカぁ……そんなの知らない……」

「わからない？　じゃあわかるように、もっとしようか」

胸の頂を強く吸われながら、下腹部の中と外で、先ほどよりも激しく指を動かされた。特に弱い性感帯を三つも同時に責められ、声を我慢する余裕などあるわけがない。

「あっ……んんっ……ふぅん……あっ、ああっ……！」

あられもない私の声と、溢れる蜜で濡れた花弁が悦びに喘ぐ水音、少し荒くなった恵介の息遣いが入り混じり、和音のように重なって耳に流れ込む。

恵介は快感に溺れて果てる私の姿態を満足そうに見つめ、愛しそうに唇を重ねた。

「幸、好きだよ」

「恵介……私も好き……大好き……」

ずっと抑えていた気持ちが波のように押し寄せて、胸の奥が強く締め付けられた。私は恵介の首の後ろに手を回し、更に深いキスをねだる。唇でお互いの唇をなぞり、舌を深く絡めて撫で合うと、恵介は小さな苦笑いを浮かべた。

「ホント可愛いな、幸……。もっとじっくり時間を掛けて抱きたかったんだけど、俺の方がもう限界みたいだ」

その言葉通り、さっきから恵介の硬く張り詰めたものが私のお腹の辺りをつついている。

恵介がこんなにも私に欲情している事が嬉しいとすら思うのは、私が誰よりも恵介を好きで、私も同じように恵介を求めているからなのだろう。

「うん……私ももう……」

「じゃあ……挿れるよ？」

私がうなずくと恵介はベッドサイドに手を伸ばし、引き出しから小さな包みを取り出して、自身の反り返ったものを慎重に覆った。

うっすらと汗ばんだ腰を引き寄せられ、薄いゴム製品で覆われた硬いもので入り口を擦られて、濡れそぼった花弁はクチュクチュと淫らな音を立てる。

恵介は熱い昂(たかぶ)りで入り口をゆっくりと押し広げ、少しずつ奥へと進み、私の中の空洞を満たした。心も体も、私のすべてをまるごと抱きしめられたようなあたたかさを感じて、涙が溢れそうになる。

お互いの名前を呼んで、肌に触れて抱きしめて、心と体の奥深くまでいっぱいに満たされて、愛する人に愛されてすべてを求め合う幸せを全身で感じた。

重ね合う肌の温もりも、混ざり合う吐息も、耳元で囁(ささや)き合う愛の言葉も、二人で共有する時間のすべてが愛しい。

誰の代わりでもなく、私は間違いなく恵介が好きだ。

9　ありふれた恋でいいから

翌朝、あたたかい腕の中で目覚めた私は、まだ眠っている恵介の胸に幸せな気持ちで頬をすり寄せた。

目が覚めた時に恵介が隣にいるって、なんて幸せなんだろう。こんな日が来るとは思わなかったから、まだ夢でも見てるみたい。

恵介は、明け方近くまで何度も求め合った余韻が残る私の体を抱きしめたまま眠っている。眠りにつく少し前、恵介は私を腕枕しながら、〝一目惚(ぼ)れって、ホントにあるんだな〟と呟(つぶや)いた。

仕事中の私を見て好きになってくれたということは、私は仕事をしている時の自分に自信を持っていいってことかな。入社以来、とにかく必死で頑張って来た私に神様がご褒美をくれたのかもなんて、ちょっと乙女じみたことを考えたりする。

夏樹に愛されなかったことや、夏樹と琴音が結婚したことはつらかった。だけどそれがなかったら、私は恵介と出会えていないのかもしれない。いろいろあったけれど、恵介と出会わせてくれた琴音に感謝しなくちゃ。

なんにせよ、今私の隣に恵介がいて、私を好きだと言ってくれることは間違いなく幸せだ。これから恵介と一緒に前を向いて進んで行けたらいいなと思う。

やっと名前の通り幸せになれそうな気がした。


しばらくじっくり恵介の寝顔を眺めていると、ゆっくりとそのまぶたが開いた。

恵介は私の顔を見ると、子供みたいにフニャッと笑う。その笑顔に胸がキュッと甘い音をたてた。こんな無防備な笑顔を見たのは初めてだ。

「おはよう、恵介」

「んー……幸……おはよう……」

恵介は少し眠そうな目をこすって、私の頭や頬を撫(な)で、軽く口付けた。

「良かった……。幸、ちゃんとここにいる。夢じゃなかった」

少し甘えた声でそう言って、恵介は私をギュッと抱きしめた。

「私はちゃんとここにいるよ。目が覚めたら夢だったとか、そんなことがあったの？」

「幸と別れてから何度もあったよ。夢の中では笑って一緒にいるのに、目が覚めたら幸はいなかったとか。叫びながら幸を追い掛ける夢も、幸が他の男と去っていく夢も見たな。つらかった」

夢の中でまで、そんなに私のことを想ってくれていたんだ。

私もずっと恵介の事ばかり考えていたけれど、もう恵介が隣にいない寂しさに一人で泣かなくてもいいんだと思うと嬉しくて、恵介の背中に腕を回して思いきり抱きしめる。

「もうどこにも行かない。恵介がいないと私も寂しいし、一人だと御飯食べるのもめんどくさくなったもん」

「俺もだ。あの肉じゃが、幸が作ったの知らずに食べたんだけど……一口食べるごとに幸と一緒に飯食ったこと思い出して、会いたくて泣けてきた」

ほとんど毎日、私の作った夕飯を一緒に食べていたから、無意識に私の作った料理だと気付いたのかな？

泣くほど私を想ってくれているんだと思うと、なんだか無性に愛おしい。

私は恵介の泣きぼくろにそっと触れて、頬にキスをした。

「また作るから、今度は笑って一緒に食べようね」

「それがいいな。だけど……」

あっという間に組み敷かれた。恵介は少し意地悪な笑みを浮かべながら、驚く私の顔を覗き込む。

「それよりも俺は今、幸を食べたい」

「えっ、私⁉」

恵介が私の胸元にキスをしながら、スルッと肌を撫でた。恵介に優しく触れられただけで、私の体はまたその先の甘い疼きを期待して、恵介を受け入れる準備を始めてしまう。

「ゆうべあんなにしたのに……？」

耳に唇を這わせながら、吐息混じりに囁く低く柔らかな声が色っぽい。普段はこんな声出さないし、こんなに意地悪しないのに。

恵介は焦らすように、私の柔らかいところを指先でそっとなぞる。私がじれったくて我慢できなくなるのを待ってるなんて、本当に意地悪だ。

「ん……意地悪……。わかってる……くせに……」

「うん、幸も俺が欲しいって知ってる」

恵介は柔らかい舌と唇で、私の素肌をくまなく丁寧に愛でる。私は甘い声をあげて、恵介の背中をギュッと抱きしめた。

「恵介……やらしすぎ……」

「俺は幸にだけ欲情するんだ。好きだから」

「バカ……。私も好き……」

私だって、触れられてこんなに嬉しいのも、もっと触れて欲しいと思うのも恵介だけだ。きっと何度抱き合っても足りないくらい、私は恵介のすべてを求めている。

恵介は一ミリの隙間も許さないとでもいうように、私の体を抱きしめてピッタリと肌を合わせ、唇を塞いで熱い舌を絡める。そして長くしなやかな指で私の中をたっぷりと潤わせると、欲情に駆られ硬く張り詰めたものでゆっくりと押し広げ、徐々にその動きを速めて一番奥の深いところを突き上げた。

恵介に激しく求められ、私の中はその悦びに満ちて恵介の形になっていく。

「幸……大好きだよ。ずっと一緒にいような」

いつもの優しい声で恵介が囁いた。その声で、その言葉で、全身が甘く痺れるような感覚を覚えた。

「うん……恵介、大好き……」

私は相手への気持ちを素直に伝え合える幸せを噛みしめながら、私のすべてを満たしてくれる恵介の愛を身体いっぱいに受け止めた。


一度は起き上がって二人で一緒にシャワーを済ませたけれど、恵介が私を後ろから抱きしめながら、甘えた声で〝もう少しだけゆっくりしよう〟と言った。

私はどうやら好きな人に甘えられると弱いようだ。

ベッドの上でくっついていれば、もちろんただゆっくり横になっているだけで済むはずもない。また私を隅々までくまなくしっかり堪能した恵介は、幸せそうな顔で〝幸、可愛い。大好きだよ〟と言って、甘くて優しいキスをした。

恋人同士になった途端、何から何まですべてが甘い。こんなにも私を好きだと言って甘やかしてくれるのは、後にも先にも恵介だけだと思う。

だから私もこれからは、そんな恵介の気持ちに、言葉と心と体、私のすべてで精一杯応えたい。

恵介に腕枕をされ何度もキスをして、優しく髪を撫でられて激しく抱き合った甘い余韻に浸っているうちに、すっかりお昼を過ぎてしまった。ベッドサイドの時計の針はもうすぐ一時半を指そうとしている。

「幸とならいくらでもこうしてられる。時間が過ぎるのが、もっとゆっくりならいいのにな」

「私もそう思った」

横になったまま向かい合って手を握り、二人して笑った。私たち同じことを考えているんだと思うと、なんだかとても嬉しくて、くすぐったい気持ちになる。

「せっかくだから出掛けようか。どこかで昼ごはん食べて、誕生日プレゼント買いに行こう」

「うーん……」

急にそう言われても欲しいものは特にないし、私は恵介といられたらそれだけでいい。きっとそれ以上の誕生日の過ごし方はないと思う。

「プレゼントはいらないから、恵介のこと、もっとたくさん知りたい」

「俺のこと？」

恵介は少し不思議そうな顔をしながらシャツを羽織る。私もバッグからワンピースを取り出した。これを着て恵介とデートできるんだと思うと嬉しい。

「私、恵介のことなんにも知らないんだなって昨日思ったの」

「ああ……俺も思った。お互いの誕生日も知らなかったもんな」

「恵介の誕生日はいつ？」

「三月二十七日。まだ少し先だ」

背中のファスナーが上まで上げられず四苦八苦していると、恵介が後ろに立ちファスナーを上げてホックを留めてくれた。

「恵介の誕生日も一緒に過ごせるといいな」

何気なく呟くと、恵介は後ろからギュッと私を抱きしめた。

「一緒に決まってるだろ。これからずっとな」


近くのカフェで食事をしながら相談して、前に髪飾りと化粧品を買ってもらった百貨店に足を運んだ。

ジュエリーショップの前を通り掛かった時、恵介が足を止めて指輪のショーケースを指差した。

「ペアリングなんかどう？」

付き合い始めたところなのに、指輪はまだ早すぎるな。

職業柄なのか、指輪を贈られるって、すごい意味のあることだと思う。そういう特別な意味のあるものは、もう少し時間をかけて確かな関係を築き上げてからでも遅くない。

「まだいい」

「なんで？　俺は幸とおそろいの指輪欲しいけど」

「指輪は特別なの」

私がそう答えると、恵介は腕組みをして何か考えている。指輪以外なら何がいいか考えているのかな。

「ふーん……。だったら尚更欲しくなるな。幸にとって特別なら、やっぱり指輪がいい。よし、そうしよう」

「えぇっ……」

「前にも言ったけど、俺は独占欲が強いの。俺だけの幸だって、他の人にもわかるように指輪がいい」

有無を言わさず手を引かれ店内へ連れて行かれた。かなり強引だ。

「付き合い始めたところだから、今日は少しカジュアルでリーズナブルなやつにしよう。心配しなくても、結婚指輪はちゃんとしたの買うから」

「……けっ……こん……!?」

結婚指輪って……!!　なんか今、びっくりするくらいサラッとすごいこと言われた……!!

「俺は最初からそのつもり。最後まで責任持つって、俺言ったよね？」

「最後って……そこ？」

「当然」

恵介は得意気にそう答えた。

確かにあの時恵介はそう言ったけれど、初めて二人で会ってお酒を飲んだ日に、普通はそこまで考えないでしょ⁉

私の頭では恵介の考えの速さについていけない。

恵介はショーケースの前で私を軽く抱き寄せ、耳元に唇を近付けた。

「もちろん幸が俺と結婚したくなるまで待つつもり。でも早い方がいいな。結婚したら毎日一緒にいられるし、幸を独り占めできるから」

ああ、ホントにもう……。恵介の押しの強さには敵わない。

ペアリングなんてしていなくたって、私のすべてを独占しているのは恵介なのに。

結局は恵介の押しの強さに負けて、仕事中も邪魔にならないシンプルなデザインの指輪を二人で選んだ。恵介は「今すぐ着けたいから」と言って包装を断った。ホントにせっかちだ。

そう思いながらも、好きな人とお揃(そろ)いの指輪をするなんて初めてだから私も嬉しくて、指輪をした自分の手を眺めてニヤニヤしてしまう。

店を出た後、ベンチに座ってひと休みした。恵介は嬉しそうに指輪を眺めている。

「ペアリングしてると恋人らしくていいな」

「恵介、そんなに嬉しいの？」

「めちゃくちゃ嬉しいよ。幸は？」

「私もすごく嬉しいけど……ホントにいいの？　前にも髪飾りとか化粧品とか買ってもらったのに……」

さすがに貯畜額までは聞かないけれど、私のために恵介が浪費しすぎているような気がして心苦しい。

「ホントに大丈夫だから心配しないで」

「じゃあ私も恵介に何か買ってあげたい。今日の記念に何かお揃いのものを買いに行こう」

手を繋いで歩いていると、恵介がポケットから取り出した物を私の目の前に差し出した。それはずいぶん年季が入ってボロボロになった、皮のキーケースだった。

「幸、俺キーケース欲しい。これ、友達が海外旅行のお土産に買ってきてくれたんだけど、さすがに十年も使うと限界みたい」

「わかった、キーケースね」

キーケースが並んでいる売り場で、色違いのキーケースを選んだ。恵介が黒で、私が赤。お値段もそこそこの良い物だし、これなら長く使えそうだ。

会計を済ませて手渡そうとすると、恵介はキーケースを持った私の手を握った。

「これに幸の部屋の合鍵つけてプレゼントしてくれる？　俺の部屋の合鍵も渡すから、幸のキーケースにつけといて欲しいんだ」

　そういえば恵介は、妹の琴音とお互いの合鍵を手元に置いている。私も恵介も一人暮らしだし、何かあった時に合鍵は必要かも。それに前みたいに玄関の前で待ちぼうけなんてことがないようにも、合鍵を持っている方がいいだろう。

　合鍵を作れる店が一階にあることを確認して、早速その店へ向かった。

　土曜日なのに店内は思ったより空いていて、空っぽのエレベーターのドアが開いた。中に乗り込んでドアが閉まると、恵介は私を抱き寄せた。

「今は別々の部屋の鍵だけど、早くこのキーケースに同じ部屋の鍵つけような」

　ペアリングの次は一緒に暮らす部屋の鍵？　ホントに恵介はせっかちだ。

「付き合い出したとこなのに、もうそんなに先のことまで考えてるの？」

　私が笑うと恵介は私の手をギュッと握って、少し不安そうな顔をした。

「考えてるよ。俺は一生、この先ずっと幸と離れるつもりないから。もしかして幸は……俺といつか別れるとか、こんなの今だけだとか思ってる？」

「思わないよ！　そんなこと思うわけないでしょ⁉」

　せっかちな上に極端だな。さっきから〝今すぐ結婚しよう〟と言い出しそうな勢いだ。

　勢いとかタイミングとか直感とか、そういったもので結婚してうまくいく人も世の中にはいるようだけど、結婚する前にある程度時間をかけて信頼関係を築き上げることも大事だと思う。

「恵介、ちょっと焦りすぎてない？」

　恵介が一瞬顔をしかめた。私から目をそらした恵介は、うつむいて私の手をギュッと握る。

「……焦ってるよ。不安だから」

　一階に着いてドアが開き、エレベーターを降りて黙ったまま歩いた。エレベーターを降りる直前に恵介が呟いた言葉が、何度も私の頭の中で繰り返される。

　その時は何も聞けなかったけれど、私は意を決して足を止め、恵介の手を強く握った。

「恵介、ちゃんと話そう。もう前みたいに勘違いして自分一人で悩んですれ違うのイヤだから」


　そのフロアの奥にある喫茶店に入り、コーヒーを注文した。店内は芳しいコーヒーの香りが漂っている。

「さっきの話だけどね……どうして恵介はそんなに焦ってるの？　何が不安？」

　恵介はコーヒーを一口飲んで、カップを持つ手元を見つめながら、ほんの少し黙り込んだ。

「今度こそしっかり捕まえとこうって、俺はゆうべからずっと焦ってるよ。また幸が俺から離れて行くんじゃないかって不安だから」

「なんで不安なの？　私は恵介が好きなんだよ？」

恵介はこれまで不安なそぶりなんて見せなかったし、グイグイ迫ってくる姿は私の目には自信があるように見えた。

だけどその時、琴音が恵介のことを〝元々自分に自信がない人だから〟と言っていたことを思い出した。

「前は夏樹の代わりになんて絶対言いたくなかったから、幸が好きだって言わなかった。幸がちゃんと俺自身を見てくれるようになったら言おうって決めてたのに、幸は俺の気持ちも聞かないで、嘘ついて離れていったじゃん」

〝夏樹の代わりに〟と言って付き合っていた時、確かに恵介は一度も私に好きだと言わなかった。あの時私は、〝恵介は私のことを好きなわけじゃない〟と思っていたけれど、恵介はそんな風に思ってたんだ。

「ごめん……。好きになっちゃダメだって思ってたのに、どんどん恵介のことが好きになって……また傷付くのが怖くて逃げたんだ。私に夏樹の身代わりが必要なくなれば、恵介は離れていくんだって思ってたから」

「好きだって言えなくても、俺は幸への気持ちを目一杯幸に向けてたつもりだよ。でも全然伝わらなかった。だから今度は俺がどれくらい幸を好きか、どれくらい幸と一緒にいたいかわかって欲しくて何度も言葉にしたし、俺がいないとダメになるくらい好きになればいいと思って、幸の体の全部に、一番奥まで俺を刻み付けとこうって……」

それであんなに何度も……？

何度も私を求める恵介を思い出して、思わず赤面してしまう。

お互いに好きだとわかっても不安になるなんて、恵介はやっぱり私と考え方が似ているらしい。私も恵介も不安を払拭するには、とことん本音を話さなくちゃ伝わらないのかもしれない。

「私もね……少し不安だったよ。これもまた夏樹の代わりってことはないよねとか……」

「もう二度と他の男の身代わりなんて御免だ。いくらそばにいても虚しいだけだから」

「付き合い出したとこなのに、こんなに突っ走ってたらすぐに飽きられるんじゃないかって」

恵介はばつの悪そうな顔をしてうつむいた後、おもむろに顔を上げて、まっすぐに私の目を見つめた。

「そんなわけないだろ。確かに焦って突っ走ってるのは自分でもわかってたけど……ずっと一緒にいたいってのも、早く幸と結婚したいってのも、全部俺の本心だ」

焦って突っ走っちゃうくらい、私と一緒にいたいって本気で思ってくれてるんだ。表情には出さなくても、恵介もジタバタしたりするんだな。

恵介も私と同じように弱い部分を持ってるとわかって、少し安心した。

「うん、わかってるよ。だけどね……そんなに焦らないで。私も恵介のこと、ずっと大事にしたいって思ってる。だから尚更、お互いをよく知ることから始めたいなって」

「俺はできるだけ長く幸と一緒にいたいから、早く結婚したいんだけどな。いつも一番近くで幸を支えられるし……」

あれ……？　よく考えたら、ゆうべやっとお互いの気持ちを確かめて付き合い始めたところなのに、いつの間にか結婚する方向に話が進んでない？

「あのー……恵介？　さっきから思ってたけど、私たち結婚することになってる感じ？」

「俺は最初からそのつもりだけど」

ああ、なんてことだ……!!　一見なんでもクールにそつなくこなしそうなのに、その見た目に騙されてた！

やっぱり恵介は究極のせっかちで、とんでもないオッチョコチョイだよ!!

「その前に何か忘れてない？」

「……なんだっけ？　俺なんか忘れた？」

こんな大事なことを忘れるなんて！

一生に一度なんだよ？　私だって普通の女だから、ありきたりでもちゃんとしたプロセスが欲しいの!!

「やっぱりまだまだ結婚はできそうにないね。少なくとも、恵介が大変な忘れ物に気付くまでは」

「えっ!?」

恵介の慌てふためく顔が無性に可愛く見える。いつも私が振り回されてばかりだったから、今度は私が、ちょっとだけ意地悪してやろう。

「でもね、誰も恵介の代わりになんてなれないの。私も恵介とずっと一緒にいたいと思ってる」

あなたは誰よりも私を想ってくれるかけがえのない大切な人。この先ずっと寄り添い合って一緒に生きていきたい。

だけど、チャペルで永遠の愛を誓うその前に、どこにでも転がっていそうなありふれた恋でいいから、私はあなたと穏やかな恋がしたい。

お互いの名前を呼び合って、手を繋いで、たくさん笑って、共有する記憶や時間が積み重なるほどお互いをもっと好きになって、いつかそう遠くない未来、お互いが現実的に将来を見据えられるようになったその時は、ありきたりな言葉でいいから、ちゃんとプロポーズしてね。

特別なことなんてなくても、きっとあなたといる毎日は、私にとって最高に幸せな日常になる。

番外編　やっぱり君にはかなわない

「えっ、今なんて？」

「なんて顔してるの？　結婚、するんでしょ？」

「うん……する……してください」

「はい、末永くよろしくお願いします」


――これは俺、富永恵介が、愛する彼女、福多幸からようやくこの返事をもらえるまでの、我ながらかなり情けなくてカッコ悪い話――


それは俺と幸が付き合い始めてから四か月が経った、三月下旬の出来事。

幸は職場で役職に就いていることもあり、年度末はいつにも増して仕事が忙しそうで、とても疲れている日は話しかけても反応が鈍かったり、酷い時には食後のコーヒーを飲みながら眠りそうになっていることもあった。

その日も仕事を終えた俺と幸は、いつものように幸の部屋で一緒に作った夕飯を食べた後、コーヒーを飲んで寛いでいた。通勤着のスーツから部屋着に着替えた幸はリラックスした表情で、俺の腕に腕を絡めて肩に頭をもたせ掛け、いつになく甘えているように見えた。

普段はこんな風に幸の方から甘えてくることがないので、もしかしたら誘っているのかも……などと考え、今すぐにでもこの部屋着を脱がせて全身くまなく愛でてやりたい気持ちを堪えながら、幸の頭を優しく撫でた。

「幸、明日は仕事休みなんだっけ」

「うん」

「じゃあ……少し夜更かししても大丈夫？」

「恵介は明日も仕事でしょ？」

「俺は大丈夫。可愛い幸に癒されてむしろ元気になる」

そう言ってグイっと腰を抱き寄せると、早くも元気いっぱいに反り返って自己主張している存在に気付いた幸は、少し恥ずかしそうに笑いながらうなずいた。

ベッドでひとしきり愛し合った後、幸を腕枕して心地よい余韻に浸っていると、幸が壁掛け時計を見上げた。

「恵介、時間は大丈夫？」

時計を見ると終電の時間が迫っていた。正式に付き合い始めてからも、けじめだけは大事にしようと、二人とも休みの日の前日以外は必ず自分の家に帰るようにしている。だけど本心をいうと、毎晩幸を抱いて眠りたいし、毎朝幸の隣で目覚めたい。

なかなかいい返事をしてくれないけれど、早く結婚して一緒に暮らしたい。

「もうそんな時間か。このまま朝まで一緒に眠りたいなぁ……」

「だけど明日の朝が大変じゃない？」

幸の言いたいことはわかる。俺は朝はあまり強くないのだ。激務で疲れている幸に無理をさせるのは忍びないので、素直に帰ることにした。

「結婚して一緒に暮らせば別々の家に帰る必要なくなるんだけどな。そろそろ新居探さないか」

ネクタイを結びながらそう言うと、幸は右斜め上の方を見上げながら小さなため息をついた。その視線の先にあるのは壁掛け時計だ。そして視線をこちらに向け、真顔で俺のジャケットを差し出した。

「今はそんなことを言ってる場合じゃないでしょ」

「そんなことって……」

「終電間に合わなくなっちゃう」

急かされながら幸の部屋を出て急ぎ足で駅に向かったけれど、帰り際の幸の様子が気になってどうしようもなかった。

俺は何か幸の気に障るようなことを言っただろうか？　それとも結婚したいと思ってい

るのは俺だけで、幸は俺と結婚する気がないからうんざりしているのかも？

　そんな風に考え始めるとどんどん不安になってしまい、自宅に帰り着く頃には背中がイヤな汗でびっしょり濡れていた。


　翌日の昼休み。同僚の小森と一緒に会社近くの食堂で日替わり定食を食べていると、小森が突然「そういえば、俺、結婚したから」と呟いた。驚きのあまり、鶏の唐揚げが喉に詰まりそうになった。

　結婚どころか小森に彼女がいることも知らなかった。これまでそれらしい話はまったくしなかったのに、小森に何が起こったのか。

「冗談だろ？」

「嘘でも冗談でもない。先週の火曜日に入籍した」

「先週⁉　今週じゃなくて⁉」

　今日はもう木曜日だ。結婚という人生の一大事を、何事もなかったように何日もの間黙っていられる小森の気持ちがわからない。

「しかしなんでまた急に……」

「まぁ、けじめってやつだな」

　小森の話によると、彼女とは付き合って六年、同棲四年の長い付き合いで、入籍する前の週末に彼女の両親が来て一緒に食事をした時に、早く孫の顔が見たいし、二人ともういい歳なんだからそろそろけじめをつけてくれと言われたそうだ。

「それで〝わかりました、そうします〟って言って、あっさり入籍だ。式のことなんかは追々考えるってことで」

「結婚のきっかけってそんなもんか……？」

「元々一緒に暮らしてるから、たいした変化も実感もないけどな。いずれは一緒になるつもりだったけどなんとなくそのタイミングを逃してきたから、いいきっかけになったんじゃないか」

「そんなパターンもあるんだな……」

　定食の残りを口に運びながら、俺と幸にそのタイミングはいつやって来るのかと考えた。俺はすぐにでも結婚したいと再三言っているけれど、幸は一向に応じてくれない。単純に『まだ早い』と思っているだけなのか、それとも俺が結婚相手にふさわしい男かどうかを見定めているのか。

　そんなことを考えていると、またゆうべの幸のため息やそっけない態度を思い出してしまった。

「きっかけはどうあれ、すんなり結婚できたおまえが羨ましいよ……」

　思わずそう呟くと、小森は不思議そうな顔をした。

「なんだ、おまえ結婚したいのか？」

「俺はめちゃくちゃしたいけど彼女はそうでもないらしい」

「おまえと結婚したいって子は腐るほどいるのにな。でもなんで彼女は結婚したくないんだ？」

「なんか……俺が何かを忘れてるんだってさ。それを思い出すまで結婚はできないらしい」

「心当たりは？」

「まったく」

「前途多難だな。そんなに結婚したけりゃ死ぬ気で思い出せ」

小森め、他人事だと思いやがって。どんなに考えても思い出せないから悩んでるんじゃないか。

だけどそうか。俺の両親に幸を婚約者だと紹介するか、幸の両親に会って幸との結婚を許可してもらう、いわゆる『外堀を埋める』というのもアリかもしれないな。

よし、近いうちにご両親に挨拶させて欲しいと幸に頼んでみよう。


仕事を終えて幸の部屋に行くと、部屋からは野菜を煮込むいい匂いがしていた。幸はソファーの前でスマホを手に渋い顔をしていたけれど、俺が来たことに気付くとスマホをポケットにしまって立ち上がった。

「恵介、お疲れ様。今日はカレーだよ。もうすぐできるから待っててね」

「いいね、ちょうどカレー食べたいと思ってたんだ」

新婚夫婦のような会話だと思いながらジャケットを脱ぎ、洗面所で手を洗った。鏡に映る緩みきった表情を見て、我ながら少し恥ずかしくなる。

ゆうべはなんだかそっけないなと思ったけど、気のせいかな。疲れていたから早く休みたかったのかもしれない。

でき上がったカレーを食べている時、昼間に考えていた『外堀計画』を思い出した。どうやって切り出そうかと思考を巡らせていると、テーブルの端に置かれていた幸のスマホの着信音が鳴り、画面に『母』と表示されているのが見えた。

幸は着信表示を一瞥(いちべつ)した後、スマホを手に取り何やら操作した。そして着信音が途切れると何事もなかったような顔をして食事を続けた。

幸の様子になんとなく違和感を覚えはしたものの、『外堀作戦』を決行するのに絶妙なタイミングではなかろうか。それとなくご両親の話を聞きだして、ぜひ会ってみたいと言ってみよう。

「電話、お母さんから?」

「うん」

「出なくて良かったの?」

「どうせたいした用じゃないから」

幸はあまり面白くなさそうな口ぶりでそう言った。ここでしつこくすると機嫌を損ねかねない。しかしこんなチャンスを逃すのはもったいないので、ご両親と会った時にできるだけ好印象を与えるために少しだけ探りを入れてみることにした。

「幸のお母さんってどんな人？　やっぱり幸と似てるのかな」

　至って自然に、当たり障りのないことを尋ねたと思ったのに、幸は口をへの字に結び、眉間には微かにシワを寄せている。

「……そんなことよりおかわりはいいの？」

「ああ……じゃあもらおうかな……」

　幸の威圧感に負けた俺はおとなしく引き下がり、よそってもらったカレーのおかわりを食べた。いい考えだと思ったのに、『外堀作戦』は早くも暗礁に乗り上げてしまったようだ。

　食事と後片付けを終えると、幸はクローゼットから旅行用のバッグを取り出し、衣類や洗面道具などを詰め込み始めた。

　旅行に行くなんていう話は聞いていないし、役職付きの幸が年度末の忙しい時に休みを取ってまで旅行をするとは思えない。ではこの荷物を持ってどこへ行くというのだろう？

「急に荷造りなんか始めてどうした？」

「ちょっとね……」

「出張？」

「うん……明日からなんだけど、急に決まってね……」

　幸はバッグに旅行用のシャンプーとコンディショナーのセットを詰めながら歯切れの悪い返事をした。いつもとは違う幸の様子に、またしても不安な気持ちが湧き起こる。

もしや浮気相手と旅行なんてことは……。いや、まさか幸に限ってそんなわけがない。本人が仕事だと言っているんだから、仕事に決まってるじゃないか。

「そんなこと言って、まさか他の男と旅行とかじゃないよな？」

不安を払拭しようと冗談めかしてそう言うと、幸は動かしていた手を止めて三秒ほどフリーズした後、ギギギと軋んだ音が聞こえそうなほど硬い動きで振り返り、不自然な笑みを浮かべてこう言った。

「そげなこと、あるわけがなかろう」

ああ……ここまで動揺しているなんて、これは極めて怪しいやつだ。だけどもし余計な詮索なんかして別れることにでもなったら耐えられない。

本当に出張なのかとか、浮気しているんじゃないかと幸を問いただす勇気など俺にあるはずもなく、その日は結局何も聞かないまま自宅に戻った。

とりあえず今は、このまま何も気付いていないふりをしていよう。

翌日の夕方、妹の琴音と駅のそばの和食レストランで待ち合わせた。

琴音は現在妊娠中で、つい最近安定期に入ってつわりもおさまり、無理のない勤務形態で仕事を続けている。夫の夏樹の帰りが遅い日は少し不安なのか、夕飯を一緒にどうかと連絡してくるので、そんな時は俺と幸と琴音の三人で食事をする。今日は幸がいないので、久しぶりに兄妹二人だけの夕飯だ。

店に入って席に案内され、それぞれに料理を注文して、一息ついた。

二人だけで会う時は毎度のことだが、料理が運ばれて来るまでの間中、妊娠経過とほぼのろけの近況報告を延々と聞かされる。幸が一緒の時には夏樹のことをあまり話さないのは、琴音なりに気を遣っているからなのだろう。

デザートの葛餅を食べた後、あたたかいほうじ茶を飲んだ。琴音は満足そうに、少しふっくらし始めたお腹をさすっている。

「美味しかったー！　お腹いっぱい‼」

「そりゃ良かったけど……つわりがおさまったからって、あんまり好き放題に食べすぎるなよ。体重が増えすぎると出産のときに大変だって、うちの会社のママさん社員が言ってたぞ。それから塩分と糖分の摂りすぎにも気を付けてだな……」

「もう‼　ちゃんとわかってるって‼　ホントに恵介は口うるさいんだから。そんな細かいことばっかり言ってると、幸に嫌われちゃうんじゃないの？」

なんてことを言うんだ。そんな恐ろしい言葉を無遠慮に投げつけられたら、もう何も言えないじゃないか。ここは無理にでも話題を変えてしまおう。

「そういえば……幸は今日から出張に行ってるんだろ？」

「出張って、幸が？」

琴音は大きな目をパチパチさせながら首をかしげた。同じ職場で働いている上司の出張を知らないわけがないのに、これはまったく知らないという反応だ。

「俺はそう聞いてるよ。バッグに着替えとか詰めて用意してたし」

「そんなわけないよ。だって今日は普通に出勤して仕事してたもん」

「……え？」

「ああ……でもなんか、ロッカールームにやたら大きいバッグがあったっけ。あれ、幸のバッグだったのかな」

出張じゃなければ、幸はなぜ着替えを詰めたバッグを持って出勤したんだろう？　それより何より、どうして俺に嘘をついたんだろう？

「今日は幸がいないからおまえと二人なんだって、俺は思ってたんだけど……」

「誘ったけど、仕事の後は予定があるからって断られた。聞いてないの？」

「聞いてない……」

呆然（ぼうぜん）としていると、窓の外を眺めていた琴音が「あっ」と声をあげた。その視線の先を追うと、旅行バッグを持った幸が男と一緒に歩道を歩いてきて、コインパーキングに停めてあった車に乗り込むのが見えた。

何が何だかさっぱりわからないけれど、まさかと思っていたことが現実になるかもしれないということだけはわかった。悪い夢なら早く覚めて欲しい。

琴音に心配されながら駅前で別れて自宅に戻り、通勤鞄（かばん）をリビングの床に放り投げてベッドに倒れ込んだ。あまりのショックで、店を出てからの記憶がほとんどない。どこをどう歩いたのか、電車を降りてから自宅に着くまで一時間半も経っていた。

ジャケットの内ポケットからスマホを出して画面を開いてみたけれど、幸からはなんの連絡もなかった。

……そりゃそうか。俺に嘘をついて他の男と泊まりでどこかへ行こうとしているのに、連絡なんか寄越すわけが……いや、むしろアリバイ工作的なアレとか、嘘を取り繕うために連絡してくることも考えられなくはない。

幸が他の男に抱かれている光景を思い浮かべてしまい、それをかき消そうと冷蔵庫からビールを取り出して勢いよく煽った。

これが飲まずにやっていられるか。だけど俺は無駄に酒に強いせいで、ちょっとビールを飲んだくらいでは酔えないのだ。

大きめのグラスに氷を放り込み、キッチンの戸棚の隅から引っ張り出した貰い物のウイスキーを並々と注いだ。

明日は土曜日で仕事は休みだ。こうなったら浴びるほど飲んで、気兼ねなく酔ってやる。

ウイスキーをロックでがぶ飲みしながらネクタイを外し、スーツを脱ぎ捨てた。まだ春先だというのに半袖のTシャツ一枚で床に座り込み、空いたグラスにウイスキーを注いでは何杯も煽る。

もし連絡してきたら、「浮気してるだろう、他の男と一緒にいるのはわかってるんだぞ！」って言ってやろうか。それとも何も知らないふりをして、浮気の証拠を掴んで突き付けてやろうか。いや、やっぱりもっと別の……。

自分から電話をして確かめる勇気もないくせに、だんだん酔いの回ってきた頭でそんな妄想を巡らせているうちに酔い潰れ、冷たい床に転がって眠っていた。


翌朝はあまりの寒さに震えながら目覚めた。全身が冷え切って、だるくてしかたがない。まだ酔いの残った重い体を引きずるようにして起き上がり、とりあえず体をあたためようと浴室に向かった。しかし思っていた以上に酔っていたらしく、シャワーを浴びながらウトウトしてしまう。

やっとの思いで浴室を出た頃には、更に体が冷えて悪寒までしていた。震えながら部屋着を着て布団に潜り込むと、瞬く間に深い眠りに落ちた。


どれくらい眠っていたのだろう。目覚めた頃には部屋は薄暗くなっていた。とてつもなく熱くなった体は重くてだるくて、起き上がる気力がない。今が何曜日の何時なのかを確かめるため、スマホはここにないかと枕元を探っていると、枕の下で着信音が鳴った。

もしかしたら幸からかもしれないと思いながら必死でスマホを掴み慌てて電話に出ると、電話を掛けてきた相手は幸ではなく琴音だった。琴音の声を聞いた途端拍子抜けして、手からスマホがずり落ちそうになる。

琴音は昨日の俺の落胆ぶりを心配して電話してきたようだ。

「昨日のことが気になったから、今日幸に聞いてみたんだけどね。ゆうべは仕事が終わってから実家に帰って、今朝は実家から出勤したんだって」

休みの日ならともかく、休みでもないのに年度末の忙しい時にわざわざ実家に帰るなんて、よほど大事な用でもあったんだろうか。それに実家に帰るなら正直にそう言えばいいものを、出張だと嘘をついた理由もわからない。

「実家って……なんでまた……」

「なんかね、親の決めた婚約者がどうとか言ってたんだけど、ちょうど幸が出掛ける時間になっちゃって、詳しいことは聞けなかったんだ」

婚約者ってなんだ……？　そんなの聞いてないぞ……？

「ああ、それから出張は昨日じゃなくて、今日からだった。来月新装オープンする……どこだったっけ？　とにかく他県の式場なんだけど、作業が遅れてるから来てくれって駆り出されたらしいよ。幸、年度末の業務で手一杯になるのを見越して、今週末は挙式の予約を入れてなかったから」

矢継ぎ早にしゃべりまくる琴音の言葉を聞いているうちに意識が朦朧(もうろう)とし始め、琴音の話している内容もろくにわからなくなり、相槌(あいづち)を打つのもつらくなってきた。さすがの琴音も俺の様子がおかしいと気付いたようだ。

「恵介、大丈夫？　さっきからなんか変だよ？」

「大丈夫じゃないから……とりあえず切るぞ……」

高熱でダウンしているこの状況を説明する気力もなく、琴音との電話を切った。目を凝らしてスマホの時計を見ると、十七時を少し過ぎたところだった。

スマホを枕元に置いてため息をつくと同時にトークアプリの通知音が鳴り、もう一度スマホに手を伸ばして画面を開いた。

送信者が幸だと気付き、重くて閉じそうになっていたまぶたが大きく開く。

トークに本文はなく、画像アルバムが添付されていた。不思議に思いながら画面のアルバムマークに触れると、たくさんの画像が表示された。

「えっ……？」

その画像を見た途端、思わず声をあげていた。

高熱のせいでぼやける視界に飛び込んできたのは、白いタキシードを着たイケメンの隣でいろいろなデザインの純白のドレスを身にまとった幸の姿だった。

呆然と画像を眺めていると、短い本文が送られてきた。

【衣装の撮影が済みましたので画像を送ります。ご確認ください】

なんだこれ？

もしかして……これが幸の婚約者で、結婚式の衣装合わせをするほど話は進んでいるのか？　この画像も婚約者の親にでも送るつもりが、俺に誤送信したとか？

だったら俺は？　このまま幸に捨てられる？　あんなに好きだって、ずっと一緒にいようと言っていたのに、どうして？

——そこで完全に意識が途絶えた。


「ごめんね、恵介。私、この人と結婚するの。さよなら」

幸は微笑みながらそう言って、俺に背を向けた。手を伸ばして、名前を呼んで引き留めようとしたけれど、体は鉛のように重く、喉は砂漠のようにカラカラに渇き、身動きを取ることも、声を出すことすらもできない。

『愛してるんだ!! 行かないでくれ、幸!!』

声にならない叫びが幸に届くことはなく、俺は涙を流しながら幸の後ろ姿を見送った。声は出ないのに涙だけは出るんだな。そんな物、なんの役にも立たないのに。

この想いをバッサリと切り捨てるくらいなら、いっそのこと、ひと思いに息の根を止めてくれたら良かったんだ。

幸を失うつらさを味わう日が再び訪れるなんて思いもしなかった。

何がいけなかったんだろう？ 幸はなぜ俺から離れていくんだろう？ せめてその理由だけでも教えて欲しかった。

そうすれば俺は幸を失わずに済んだだろうか？

額に冷たい物が触れる感覚を覚えた。頰には柔らかい何かが触れている。うっすらとまぶたを開くと、ぼやけた視界には俺の顔を覗き込んでいる幸がいた。

　ああ、ついに幻覚が見え始めたか。幸がここにいるわけがないのに。

「恵介、大丈夫？」

　とうとう幻聴まで聞こえ始めた。それにしてもリアルだ。もしかしてこれが『お迎えが来た』ってやつなのか？　俺、死んじゃうのかな？

　どうせ死ぬなら、夢でも幻でもいいから、もう一度思いきり幸を抱きしめたい。そして嘘でもいいから、俺のことが好きだから結婚すると言ってくれたら、思い残すことなく成仏できそうな気がする。

　相変わらず高熱のせいで体は重いけれど、必死で起き上がって手を伸ばし、幸の手を握った。

「幸……どこにも行かないで」

　夢と違って自分の体が動き、声が出せたことにホッとした。

　それにしても本当にリアルな幻だな。柔らかさや体温、息遣いまでもが、本物じゃないかと思うほど幸にそっくりだ。

「うん、行かないよ」

　ほら、声もやっぱり幸そのもの……いや、もしかして本物の幸？

　そんなわけがないと思う気持ちと、そうであって欲しいと祈るような気持ちが混ざり合い、幸を離したくないという想いが強くなる。できることなら、この先の人生を幸と一緒に生きていきたい。

「幸、愛してる。俺と結婚して」

朦朧としながら幸の華奢な体にしがみつき、柔らかな胸に顔をうずめて懇願した。おまけに、無意識のうちに溢れ出した涙が頬を伝っている。

こんなカッコ悪い姿、結婚するどころか愛想をつかされてしまうかもしれない。だけど今はもう、なりふりかまってなんかいられないのだ。

「やっと忘れ物に気付いたの?」

「えっ、今なんて?」

何かの聞き間違いだろうか?

顔を上げ涙で潤んだ目で見つめると、幸は呆れたような笑みを浮かべながら、細い指で俺の頬を優しく撫でた。

「なんて顔してるの? 結婚、するんでしょ?」

「うん……する……してください」

「はい、末永くよろしくお願いします」

付き合い始めてから四か月間ずっと、毎日のように結婚を迫っては軽くあしらわれていたのに、幸は俺の予想に反して、あまりにもあっさりと承諾の返事をした。

幸がなぜ急に俺と結婚する気になったのか、その時はわからなかったけれど、これでようやく二人で歩む未来へのスタート地点に立てるのだと思うと、嬉しさのあまり更に涙が溢れ出し、顔面の筋肉が崩壊したのかと思うほど目尻が下がり口元が緩んだ。

そして思った。

「ああ、おそらく俺は今、世界一情けない顔をしているに違いない」と。


幸の献身的な看病のおかげで二日後にはすっかり熱が下がり、幸が取った謎行動の真相を聞くことができた。

まずは実家に帰った理由。

幸の母親は親友と「子ども同士を結婚させよう」と昔から約束していたらしく、よくある少女時代の夢だと子どもたちは思っていたのに、母親たちは至って本気だったようで、ここ最近は「早く結婚しろ」とせかされていたそうだ。

子どもの頃からよく一緒に遊んだ仲の良い『幼なじみ』同士ではあるが、お互いに恋愛感情を持ったこともなく、それぞれに結婚を考えている別の相手がいるので、大昔に母親同士が交わした婚約の話は、いい加減もう時効にしてくれと、二人そろって直談判したということだった。

俺と琴音が店の窓から見た、幸と一緒に歩いていた男がその幼なじみで、実家に向かう電車を降りた後で乗り継ぐバスは最終便の時間が早く、歩くには遠くて夜道は危険なので迎えに来てくれたらしい。

俺に内緒にしていたのは、単純に心配を掛けたくなかったからだそうだ。

そしてあのウエディングドレスの画像の件。

出張で来月新装オープンする式場に行くと、衣装撮影を依頼していたモデルが急病で来られなくなった上に代わりのモデルが見つからないと大騒ぎになっていたそうだ。そこで背格好の似ている幸に白羽の矢が立ち、断ったけれど会社のためになんとか頼むと懇願され、顔はハッキリ写さないという条件で仕方なく引き受けたらしい。

衣装は全館で使用するため、画像を直属の上司に送ったつもりが、慣れない仕事の疲れからか、うっかり誤送信してしまったようだと幸は言っていた。

誤解も解けてホッとした俺は、あの時幸が言った「やっと忘れ物に気付いたの？」という言葉の意味が気になり始めたけれど、あえてそれを聞くことはしなかった。なぜなら、わからないと言ったら「やっぱり結婚はしない」と言われそうな気がしたからだ。

俺の忘れていた物は一体何だったんだろう？

数日後、百貨店内の店舗に仕事で顔を出した時に、城垣店長に幸と結婚することになったと報告すると、彼女は目をキラキラさせてこう言った。

「なんて言ってプロポーズしたんですか？」

「……プロポーズ？」

「女性にとっては大事なことですよ‼　一生に一度なんですから‼」

その言葉を聞いて、俺が忘れていた物が何だったのかをようやく理解した。『結婚したらこうしよう』とか、『早く結婚したい』とは言っていたけれど、『結婚しよう』とか『結婚してください』と言ったことはなかった気がする。

……ということは、俺はおそらく幸にプロポーズらしきことをしたのだろう。それはいつだったのか、何と言ったのか。幸に聞くわけにはいかないので、なんとか思い出そうと頭をフル回転させた。そして必死で記憶の糸を手繰り寄せて思い出し赤面した。

もしかして、あの情けないのがプロポーズだったのか⁉　あんなカッコ悪い姿は、できればきれいさっぱり忘れて欲しい。

そうだ、もう一度改めてプロポーズしよう。今度こそカッコよくキメて、惚(ほ)れ直させてやろうじゃないか！

一生心に残るものならば、大切な君に、ありったけの想いを込めて伝えよう。

これから先も君だけを愛してる。

ずっと一緒に歩いて行こう。

あとがき

こんにちは、櫻井音衣です。

初めての書籍から早三年半。「お久しぶり」よりも「はじめまして」のかたが多いことと思います。この度は本作をお手に取っていただきありがとうございます。

この作品は第十三回らぶドロップス恋愛小説コンテスト竹書房賞受賞作です。

小説サイトのノベルバで開催されたこのコンテストに作品をエントリーする少し前からスランプに陥り、なかなか二冊目の書籍化が叶わず自信をなくしていた私は、小説を書くことをもうやめてしまおうかと悩んでいました。その時、高校時代からの親友が「絶対にやめたらダメ」と言ってくれたおかげで、こうして素晴らしいご縁に恵まれ、新しい作品を世に出していただくことができました。あの時あきらめなくて良かったと思います。

そしていつも心強い応援をしてくれる親友や読者の皆様、頼りない私を支えてくれる家族に心から感謝しています。

私の作品の登場人物は自分に自信のないネガティブな性格の人がとても多いです。子供が親に似るのと同じで、登場人物も作者に似るのでしょうか。

本作のヒロインの幸はネガティブを通り越して、何事においても物事を悲観してしまうペシミスト（悲観主義者）。自分に自信がなく、不幸の先回りをして傷付くことから身を守っている、損で難儀な性格です。そんな幸の後ろ向き加減にイライラされることも多々あったことでしょう。恵介も幸に負けず劣らずのペシミストでしたね。

性別や年齢、容姿を問わず、恋をすると人は少し臆病になるのではないかと思います。ほんの少しの変化を恐れたり、相手の言動や気持ちに過敏になったり……。

幸と恵介の気持ちのすれ違いは、端から見れば相当じれったいかもしれませんが、本人たちは至って大真面目。きっと自分のことなんか好きじゃないだろうし……と、二人がお互いに本心を伝えられなかったのは、似た者同士ゆえの回り道だったのです。恵介を想う気持ちだけは捨て去ることができなかった幸が、少しずつ強くなろうと前を向き、勇気を振り絞って自分の正直な気持ちを恵介に伝えたことで、ようやく二人の想いが通じ合いました。こんなまどろっこしい話を自分で書いておきながら、「いやいや、あの人あんたのことがめちゃくちゃ好きやで！　絶対にうまくいくから好きって言え！」と何度思ったことか。そんなお節介な作者の手助けなどなくても、なんとか収まるところに収まった幸と恵介には、この先思いっきり幸せになって欲しいと願っています。

幸と同じように、恋や人生に悩んだり迷ったりしているかたが、少しでも晴れ晴れとした気持ちで一歩前へ踏み出せるよう、かげながら応援しています。

またどこかでお会いできますように。

櫻井音衣

本書は、電子書籍レーベル「らぶドロップス」より発売された電子書籍『恋するペシミスト 彼女は愛し愛されたい』を元に、加筆・修正したものです。

★著者・イラストレーターへのファンレターやプレゼントにつきまして★
著者・イラストレーターへのファンレターやプレゼントは、下記の住所にお送りください。いただいたお手紙やプレゼントは、できるだけ早く著作者にお送りしておりますが、状況によって時間が掛かる場合があります。生ものや賞味期限の短い食べ物をご送付いただきますと著者様にお届けできない場合がございますので、何卒ご理解ください。
送り先
〒160-0004 東京都新宿区四谷3-14-1 UUR四谷三丁目ビル2階
(株) パブリッシングリンク
蜜夢文庫 編集部
○○（著者・イラストレーターのお名前）様

身代わりの恋が甘すぎて
寂しがりやのペシミストは肉食彼氏に堕とされる
2021年7月28日 初版第一刷発行

著…………櫻井音衣
画…………千影透子
編集…………株式会社パブリッシングリンク
ブックデザイン…………おおの蛍
（ムシカゴグラフィクス）
本文DTP…………IDR

発行人…………後藤明信
発行…………株式会社竹書房
〒102-0075 東京都千代田区三番町8－1
三番町東急ビル6F
email：info@takeshobo.co.jp
http://www.takeshobo.co.jp
印刷・製本…………中央精版印刷株式会社